新宿もののけ図書館利用案内

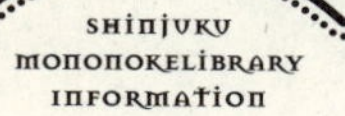
SHINJUKU
MONONOKELIBRARY
INFORMATION

第一話「初めて図書館へ来られた方へ」

SHINJUKU
MONONOKELIBRARY
INFORMATION

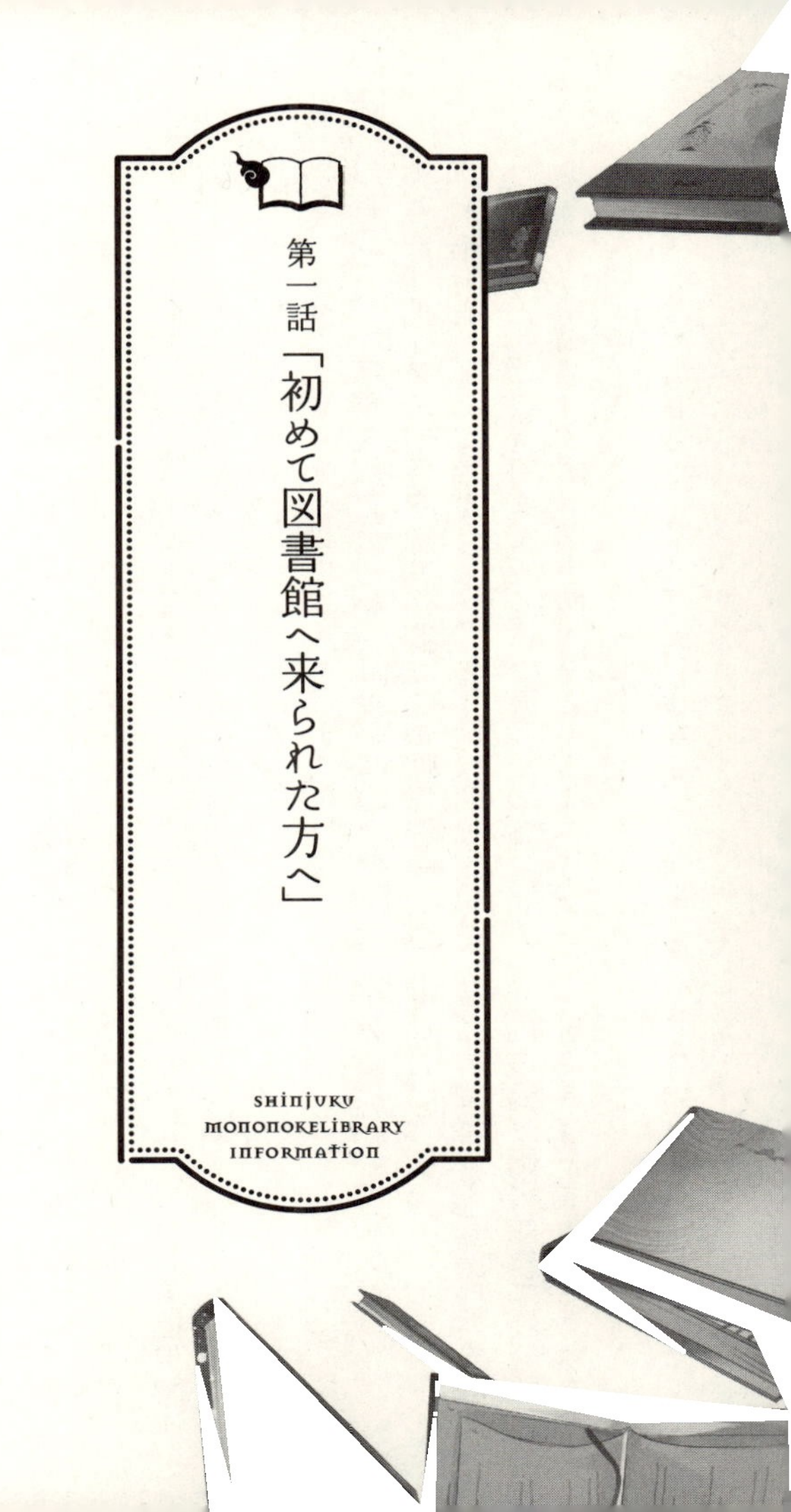

「――間もなく、一番線に新宿行きが参ります。黄色い線の内側に――」

列車の到着を知らせるアナウンスが丸ノ内線四谷三丁目駅のホームに響く。その機械的な声をどこか遠くに聞きながら、末花詞織はプラスチック製の椅子に腰かけ、コンパクトの鏡に映る自分と向き合っていた。

ウェーブの掛かったセミロングの髪に、目が大きくて子供っぽい地味な顔立ち。身長百五十五センチのやせ型で、身に着けているのはオーソドックスな紺のスーツ。

鏡の中の自分は、気負いと不安とが二対八くらいで入り混じった、どうにも陰気で頼りにならない顔をしている。自分だったらこの顔の人は雇わないよね……と詞織は思ったが、今更どうにかなるものでもないし、とりあえず髪もメイクも乱れていないので良しとしたい。良しとしよう。良しとします。した。

自問自答で無理矢理自分を納得させ、コンパクトを片付ける。続いて詞織はバッグからA4サイズの封筒を取り出し、中の履歴書をそっと開いた。

末花詞織二十六歳。持っている資格は図書館司書と普通自動車第一種運転免許（オートマ限定）。先月まで、つまり三月いっぱいまで、都内の公立図書館で勤務経験あり。志望動機は、本も図書館司書という仕事も好きで、司書資格を生かして働ける場所が欲しいから……。

よく言えば几帳面な、悪く言えば優柔不断で気弱そうな字体の文字列に目を通して

※二〇一五年四月　光文社刊
※この作品はフィクションであり、実在の団体等とは
一切関係がありません。

光文社文庫

冷たい手

著者　水生大海

2019年3月20日　初版1刷発行
2019年10月20日　3刷発行

発行者　鈴木広和
印刷　新藤慶昌堂
製本　ナショナル製本

発行所　株式会社　光文社
〒112-8011　東京都文京区音羽1-16-6
電話（03）5395-8149　編集部
8116　書籍販売部
8125　業務部

落丁本・乱丁本は業務部にご連絡くだされば、お取替えいたします。
ISBN978-4-334-77820-0　Printed in Japan

組版　萩原印刷

いく。書き間違いや書き漏らしがないことを確認すると、詞織は履歴書をバッグに戻し、立ち上がった。

詞織は今、この近くにあるという図書館へ、司書の採用面接に向かうところだった。現在時刻は午後十時二十分。メールで指定された面接の時間は十一時で――午前十一時の間違いではないかと思ったのだが、「午後十一時（二十三時）」としっかり記されていた――場所もここから近いらしいのでまだ余裕はあるけれど、念のため早めに着いておきたい。

やたらと古い階段を上って地上に出ると、高層ビルやマンションが立ち並ぶ、縦に長い街並みが現れた。夜中だというのに看板や窓の光はきらびやかで、広い道路には車がひっきりなしに通り、歩道を行き交う人の数も多い。

さすが新宿、と詞織は思った。

大学を出てからずっと都内で働いていたが、今までの職場は郊外の落ち着いた住宅地にあったし、繁華街に遊びに行くような趣味もなかったので、新宿についてはむしろフィクションから得た知識……と言うか、印象の方が強い。

世界最多の人数が乗り降りする駅を挟み、西には高層ビルの林立する副都心を、東に大歓楽街・歌舞伎町(かぶきちょう)を擁した、眠ることのない巨大な街。それが詞織にとっての新宿のイメージだ。

「ええと、この交差点を北だから、こっちね」

面接会場への道筋が示されたメールをスマホで開いて再確認し、詞織は大きな消防署を左手に見ながら国道三一九号線こと外苑東通り（がいえんひがしどお）りに沿って北へ向かった。進むほどにビルの背が少しずつ低くなっていく。通りは緩やかに右へと曲がっていたが、メールには「舟町（ふなまち）」と町名を示す看板を頼りに正面の路地へと直進しろとあったので、その通りに進む。

と、一気に周囲の様相が変わった。

「……へえ」

大通りから少し入っただけのそこは、まさしく平凡な住宅街だった。

軒を連ねるのは新旧の一戸建てがほとんどで、歩道のない細い道沿いには町内会のお知らせを伝える掲示板が佇んでいる。光源は街灯と門灯ばかりで、店舗の看板やネオンサインは見当たらず、出歩く人の姿もない。

落ち着いた生活感の漂う静かな路地で、詞織は、新宿にもこんなところがあるのかとまず驚き、すぐに「あるよね」と自分で自分に呆れた。

全国に名を知られた大都市であっても、町であるからにはそこに住んで暮らしている人がいて、それぞれのコミュニティがあり歴史がある。考えてみれば当たり前の話か。そんなことを思いながら詞織は細い道を少しだけ進んだ。古い住宅街だからか、一車線の道路や路地がごちゃごちゃと入り組んでいて見通しが悪い。

大丈夫かな、と詞織の口から気弱な小声が漏れた。もっと近づきづらい場所、たとえば風俗街のど真ん中とかだったら帰ろうとは思っていたが、夜更けに知らない住宅地をうろつくというのも、これはこれで不安が募る。痴漢や変質者が出ませんようにと祈りながら、詞織はあたりを見回した。

「……ほんとに、こんなところに図書館なんかあるのかな……？」

道の左右に並ぶのは一軒家かアパートくらいで、公共施設のある気配はまるでない。自販機の前で一旦足を止め、詞織は再度スマホを取り出した。お気に入りの猫のキャラクターをあしらったブックタイプのスマホケースを開いてロックを解除し、さっきも見たメールを再び呼び出す。「舟町の住宅地に入った後は、道が分かりにくいので以下の通りに進んでください」とあり、事務的な文面で順路が記されている。

「まず、アパートとポストの間を左折して……そしたら古い掲示板に突き当たるので、そこを右折、お地蔵さんを右に見ながら坂を上り、お寺と墓地の横を……」

何回も角を曲がっているうちに、ちゃんと帰れるだろうかという不安がどんどん大きくなってきた。土地勘のない場所なので自分の現在地は全く把握できていない。道を聞くにしても交番や通行人は見当たらず、進むほどに灯りの数は減っていく。

そして、そのまま歩くこと十分強——体感的には小一時間。生垣で隔てられた墓地と、「売家」と貼られた一戸建ての間の道を抜けた途端、いきなり視界が広がった。草がまばらに生えた未舗装の地面の上に、巨大な木造建築物が雄々しく怪しくそびえ立っている。

横幅はざっと見て十メートル。張り出した黒い瓦屋根を太い柱が支え、焼き板の壁は漆黒で、小さな窓が等間隔に整列している。左右対称のシルエットは、そのサイズと相まって古い寺院の本堂を思わせた。狭い前庭には立派な敷石が並び、入り口へと続いていた。

東京の、しかも新宿の住宅地のど真ん中に、こんな広い敷地があるはずがない。詞織は一瞬そう思ったが、「あるはずがない」も何も、実際に目の前に存在しているのだから疑ったって仕方ない。首を軽く傾げたまま、詞織は前庭を抜け、玄関前で足を止めた。

木製の重厚なドアの上には年季の入った看板が掲げられ、達筆な字で「新宿本姫(ほんひめ)図書館」と記されている。

「新宿本姫図書館」。確かに、自分が面接を申し込み、返ってきたメールの末尾に添えられていた館の名前だ。「本姫」という聞き慣れない名称は、昔の地名か何かだろうか。夜中だというのに小さな窓からは灯りが漏れており、扉には「開館中」の札が鎖で掛けられていた。

「深夜営業の……図書館……？」

都会にはそういう施設もあるのだろうか。新宿だったらニーズもありそうな気もするけれど、オフィス街や繁華街ならともかく、なぜ住宅街のど真ん中に……？

頭上にクエスチョンマークを浮かべながらそっとドアを引き開けると、妙に薄暗い空間に、背の高い書架がずらりと並ぶ光景が現れた。

玄関は一段低くなっており、古びた靴箱と、その脇にはスリッパの入った木箱も置いてある。三足ほどの靴が靴箱に並んでいるところを見ると、ここはどうやら靴を脱ぐタイプの図書館らしかった。

今から一昔前、バリアフリーという概念が生まれる以前はそういう館も多かったという話は大学の司書課程の講義で聞いたことがあるけれど、まだ残っていたようだ。

詞織は戸惑いながらパンプスを脱ぎ、スリッパに履き替えて入館した。

メールには、面接に来たらカウンターの職員にその旨を伝えてほしい、とあったが、入ってすぐ左手にあるカウンターは無人だった。木製の「貸出・返却」の看板が天井からチェーンで吊るされ、カウンターの上には「ただいま席を外しております。御用の方はお声がけください」と書かれた三角プレートがちょこんと置かれている。広いカウンターだったが、置かれている椅子は一つだけだった。

誰もいないカウンターの前で立ち止まり、詞織は館内を見回した。背の高い木製の書架が狭い間隔でずらりと林立しており、本棚の向こうからは、誰かが歩きながら本を探しているのか、控えめな足音が聞こえていた。

本棚の間や壁際には椅子が設けられ、すぐそこの椅子には座って読書中の利用者が一人。ベージュのセーターにグレーのスラックスといういで立ちだ。目が悪いのか、分厚いハードカバーで顔を隠すようにして読んでいるので顔は見えなかったが、傍らに杖があるところを見ると老齢の男性のようだった。

カウンターがあり、書架が並び、本を読んだり探したりしている人もいる。司書経験者的には見慣れた、いかにも図書館らしい光景ではあるのだが、それにしても……と詞織は思った。

暗い。

館内の光量は、夕方、日が落ちて少し経ったくらいの時間帯のそれに近いのだ。夜だからある程度暗いのは当然なのだが、もっと明るくすることはできるだろうし、むしろそうしない意味が分からない。

さらには、本棚の背がやたらと高いので見通しが悪いし、図書館には付き物のはずの案内図は見当たらず、書架にもジャンル名の表記がない。床に壁に本棚に貸出カウンターと、目につく全ての設備が木製であることも相まって、一昔前の図書館にタイムスリップしたような気さえする。そういうコンセプトの館なのだろうか。

「とにかく、来たって言わないと」

あたりを見回しながらカウンターに近づくと、天板に積まれた紙の束が目に入った。達筆で「新宿本姫図書館の使い方」と記されたそれを、詞織は何気なく読み上げた。

「『この図書館は、人間でない方でも、だれでもご利用いただけます。初めて使われる際は利用申請書をご記入ください。一度に借りられる冊数は四冊まで、貸出期間は二週間です。借りた本を返す際には、必ず別の本を一冊添えて返すこと』……え⁉」

思わず、大きな声が出た。

返却する時に何か一冊足して返せなんて、そんな利用規則は聞いたことがない！　いや、と言うか、突っ込むのはそこじゃなくて、それ以前に――。

「……『人間でない方』って何……？」

戸惑いながら顔を上げ、あたりを見回す詞織。と、その声が気になったのか、ハードカバーで顔を隠すようにして読書中だった老人が、本を下ろして詞織を見た。

その顔を見るなり詞織は叫んだ。

「きゃあああああああああああっ！」

詞織の発した甲高い悲鳴が、静かな館内に響き渡る。

詞織を見た老人は、目が異様に多かった。

本来人間の目玉のあるべき箇所とその周囲に、左右四個ずつ、合計八個の赤いビー玉のような目が輝いていた。その全てが詞織を見据え、老人が無言で立ち上がる。

次の瞬間、詞織は反射的に逃げ出していた。ひいっ、と引きつった声を発しながら本棚の奥へと走り、手近な棚の陰に隠れる。

「な、何、今の？　今の何……？」

震える問いかけが勝手に漏れる。冷や汗がブラウスを濡らし、ばくばくと跳ねる心臓は今にも飛び出してしまいそうだ。荒れた呼吸を整えながら、詞織は深く理解した。

ここは、人間の来る場所じゃなかったのだ。

人のようで人でないもの――妖怪なのか宇宙人なのかそれ以外の何かなのか、そのあたりは知る由もないが――ともかく、そういうものたちの場所なのだ！　全く信じられないが、でも、そうとしか思えない。そして、そんなところに紛れ込んでしまった以上……。

「わたしは……これから……」

食べられる。閉じ込められる。卵を産みつけられる。仲間にされる。その他もろもろエトセトラ。なまじ色々読んできたおかげで、起こり得る展開はいくらでも思いつくが、ネガティブで悲観的な性格のため浮かぶのは悲惨な未来ばかりだ。ああ、と絶望しかけたその時、本棚の向こうから若い男性の声が届いた。

「――そこに誰かいるのですか？」

ぞくり、と再び全身に悪寒が走る。

声質の若々しさからすると、あの八つの目の老人ではないようだ。声に敵意も感じられなかったが、だからと言って安心できるわけもない。

逃げないと！

本能的な恐怖に駆られるまま、詞織が慌てて踵を返す。だが、その次の瞬間。

「館内では走らないでください」

若い声が投げかけられたかと思うと、詞織の全身がぴたりと静止した。

……え。何これ？

触れられたわけでもないのに、五体全部が縛られたように動かない。動かないのは顔や目も同様なので、振り向くことすらできず、叫びたいのに声も出ない。

「失礼ですが、動きを封じさせていただきました。ここは図書館です。どうかお静かに願います」

先ほどと同じ声が後ろから耳に届く。徐々に近づいてくる足音を聞きながら、詞織は、来るんじゃなかった、と嘆いた。どうしてこんなことに。

そもそもの事の起こりは、先月の末に遡る。

都内の某公立図書館の臨時職員だった詞織が、雑誌コーナーで騒ぐ利用者を注意していたところ……正確には、注意しなければと思いつつ躊躇していたところ、館長に事務所に呼ばれ、三月末でクビだと知らされたのである。

四月からもここで働けるものと信じ込んでいた詞織は、あまりに急だと驚き、そもそも話が違うと思った。

「さ、採用された時には、来年度以降も継続して働けると聞いていたんですが……。確か、『予算組みの都合で年度をまたいだ継続雇用こそできないが、三月末日に契約が終了しても、四月一日付で即座に再雇用する』って……」

「事情が変わったんだ」

「事情って……せめて、もう少し早く教えていただくことはできなかったんですか……？　もう三月の下旬ですよ？　四月からいきなり無職だなんて、そんな」

「三月議会で来年度の人件費が削られたんだから仕方ない。話は以上だ」

詞織のおろおろとした問いかけを、館長がばっさり切り捨てる。生来気が弱く押しにも弱い詞織にはそれ以上反論することもできず、結局、三月三十一日をもって失職した。目の前が真っ暗になる、という気持ちを、詞織はこの時初めて実感した。

図書館司書の雇用状況が不安定なのは決して今に始まった話ではないし、詞織としてもふいに首を切られたのも初めてではない。ないのだが、だからと言って、はいそうですかと受け入れられる話でもない。詞織の受けた精神的なダメージは大きく、溜息の数が露骨に増え、酒量もちょっとだけ増えた。

しかし、ずっと落ち込んでいるわけにもいかなかった。働き口は必要だ。大学を出てから司書の仕事しかしていない身としては、できれば図書館で働きたい。四月になってから探しても、そうそう見つからないだろうけど……。

そんなことを思いつつ、駄目元でネットで求人を探していたら、「本姫図書館」という館が司書を募集しているのを見つけたのだ。

館の所在地は新宿の一角、四谷三丁目駅の近くで、勤務は週五日で九時半から五時半まで。給与は水準以上だったたし、交通費も出るし有休もある。聞いたことのない名前の図書館だったけれど、条件的には今までの勤務先と比べても全然悪くない……どころかむしろ良い。記載されていたアドレスにメールで問い合わせてみると、有資格の経験者ならありがたい、面接をするので来てほしい、と返信があったので、詞織は藁（わら）にも縋（すが）るような思いでこうして現地へやってきたのであった。

こうして現地へやってこなければ良かった。

詞織は心の底からそう思った。そもそも面接時間が午後十一時という時点で充分怪しかったのに……！　自分で自分を責める詞織に、背後の足音は徐々に近づく。足音の主はやがて詞織の右隣を通り、前へと回った。

「乱暴な真似をしてしまってすみません」

そう言いながら詞織の前に現れたのは、線の細い、エプロン姿の眼鏡の青年だった。

年の頃は二十歳を少し過ぎたくらいだろうか。身長は百七十センチほどで、すらりと……と言うよりむしろ、なよっとした体格だ。目鼻立ちの整った顔は色白で、髪は男子にしてはやや長め。耳の上で左右に跳ね上がった髪は犬や猫の耳を思わせた。形良く尖った鼻の上にはフレームレスの眼鏡を乗せ、襟を開けた白い半袖シャツの上に紺碧のエプロンを重ねており、ボトムスはグレーのスラックス。

真面目な新任教師っぽい人だな、というのが詞織の受けた第一印象だった。もしくは教育実習生。街中で見かけたら警戒もしなかったろうが、剣呑な態度を隠そうともしていない上、眼鏡越しに見える瞳は猫のように縦長で、しかも妖しく光を放っているわけで、安心できるはずもない。

この人も間違いなく、絶対に、人間ではない……！

動けず、声も出せないまま怯える詞織。その顔を見た青年が怪訝な顔で眉根を寄せる。と、青年の両目から放たれていた光が、ふっ、と消えた。

瞬間、詞織の五体に自由が戻る。

走り出そうとしていた姿勢で固まっていた詞織は、その勢いのまま足を滑らせ、派手に前につんのめった。

「きゃっ」

「あっ、危ない！」

　全力で床にダイブしそうになった詞織を、青年がすかさず受け止める。しなやかな腕で詞織を支え、青年は心配そうに問いかけた。

「大丈夫ですか？」

「は、はい……。すみません、ありがとうございます」

　細い割に意外にしっかりした青年の腕に体重を預けたまま、詞織は顔を赤らめて恐縮した。照れと恥ずかしさと申し訳なさで、目の前の相手が人間でないことを一瞬忘れそうになる。青年は「それは良かった」とクールにうなずき、そっと詞織を立たせた上で姿勢を正した。

「いきなり手荒な真似をしてしまったことはお詫びいたしますが、館内ではお静かにお願いいたします。大きな声を出したり走ったりするのは厳禁です。図書館を使っていただく上でのルールですので」

「す、すみません……」

「分かっていただければいいですよ。しかし、お見かけしたことのない方ですね？　初めて来られた方ですか？　であれば、カウンターで利用申請書へのご記入を」

「え？　あっ、いえ、わたしは利用者ではなくて……」

「では何の御用でしょう」

「その……め、面接に」

青年との距離を微妙に取りつつ、おずおずと応じる詞織である。怪訝な顔をしていた青年は、それを聞くなり目を丸くした。エプロンの内側から懐中時計を取り出して時間を確かめ、詞織に向き直って勢い込んで問いかける。

「もしかして――末花詞織さんですか？　司書募集の面接で来られた？」

「はっ、はい……！　そう……です……が……？」

違うと言った方が良かったんだろうか。つい正直に答えてしまった後にそんなことを思った詞織だったが、詞織の答を聞いた青年はホッと大きく安堵してみせた。

「良かった……。来てくださったんですね。ありがとうございます」

青年が生真面目に頭を下げた。毅然とした声と表情の裏に、ちゃんと来てくれて嬉しい、ああ良かった、という気持ちが透けて見えている。その分かりやすさに詞織は少しだけ安心し、会釈した。

「こ、こんばんは……」

「こんばんは。ああ、申し遅れました。僕は、この図書館の館長代理で唯一の職員、牛込山伏町（うしごめやまぶしちょう）カイルと申します」

誠実で丁寧な自己紹介に続き、青年はエプロンに隠れていた首掛け式の名札を引っ張り出した。胸に下がった名札には、確かに「新宿本姫図書館　館長代理　牛込山伏町カイル」と記された紙片が入っている。

……この若い人が館長代理？　職員が館長代理の一人だけ？　と言いますか、この図書館は「人間でない方」が来る場所なんですよね？　だったらあなたは何者で、この図書館はそもそも一体全体、何なんですか……？

詞織としては聞きたいことは山ほどあったが、口から出たのは「そうなんですね」という当たり障りのない相槌だった。それを聞いた青年──カイルは、そうなんですよとうなずき、本棚の奥、カウンターの方を片手で示して歩き出した。

「では、予定より少し早いですが、奥の事務室で面接しましょうか」

＊＊＊

カイルに案内されて向かった事務室は、カウンターから入って廊下を少し歩いた先にある、十畳ほどの広さの板張りの洋間であった。

室内を照らすのは天井から下がった古めかしいランプ。やはり薄暗くはあったが、部屋の奥行や高さがない分、先ほどまでいた開架室よりはまだ明るい。小さな窓は嵌め殺しで、壁には古めかしい木製の本棚が備え付けられており、幅広いジャンルの本が並んでいる。

書庫を兼ねているのかな、と詞織は思った。図書館では本棚は得てして溢れるもので、そうなると空いている壁は全て収納スペースとして使われることになる。先月まで詞織の働いていた館もそうだった。

部屋の中央にはこれまたアンティークな味わいの木製の事務机が二つ、向かい合わせに置かれていた。どうぞ、と促され、詞織は入り口側の席にぎこちなく腰を下ろした。向かい側の机にカイルが座り、背筋を伸ばして頭を下げる。

「本日は、夜遅くにお越しいただき、誠にありがとうございました」

「い、いいえ、そんな、お気遣いなく……」

「履歴書をご持参するようお願いしていましたが、お持ちいただけましたか？」

「あっ、はい」

カイルの問いかけに、反射的にバッグから封筒を取り出す詞織。それを受け取ったカイルは、礼儀正しく「失礼します」と告げてから中の履歴書を抜き出し、眼鏡越しの視線を書面に向けた。

履歴書の記述を確認するその姿はどう見ても普通の青年のものだったが、既に目が光る姿を見てしまっている以上、落ち着いていられるわけもない。膝に乗せた拳の中で汗が滲むのを感じながら、詞織は平静を装った声で問いかけた。

「あ、あの……牛込山伏町さんは」

「えっ？　ああ、僕ですか。すみません、苗字では呼ばれ慣れていないので。下の名前でいいですよ」

「そ、それはちょっと気まずいので……ええと、館長代理さんは……その、に、人間ではないんですよね……？」

「妖怪ですから」

詞織の履歴書に目を通しながら、カイルがさらりと言い放つ。それを聞いた詞織がぎょっと絶句したのは言うまでもない。

妖怪？　じゃあさっきの八つ目の老人も妖怪？　ここは妖怪の図書館なんですか？と言うか、妖怪ってあの妖怪ですか？　昔話や伝説に出てきて、人を化かしたり食べたりするやつですか？　実在したんですか……？

一瞬のうちに無数の質問が浮かんだが、どの順番でどう聞けばいいのか、そもそも聞いていいのかどうかも分からない。とりあえず自分が妖怪じゃなくて人間だと気付かれないようにした方がいいのだろうか。いや、でも、この館長代理さんは悪い人――じゃない、悪い妖怪じゃなさそうな気がするし、だったら早めに正直に話した方がいいのでは……？　無言のまま困惑を募らせる詞織の前で、履歴書を読み終えたカイルは姿勢を正し、若々しい声を発した。

「すみません、お待たせしました。では、面接を始めさせていただきます」

「え」

「何か？」

「い、いえ……。ええと、お願いいたします……」

カイルのまっすぐな視線に押し負けるように、詞織はおずおずうなずいていた。

何をやっているんだとは思うが、元々自己主張の苦手な自分が、こんな右も左も分からない状況で、妖怪を自称する相手に主導権を握れるわけもない。青ざめて溜息を落とす詞織を見てカイルは小さく首を傾げたが、机の引き出しからメモ用のクリップボードとボールペンを取り出し、詞織に向き直った。

「では末花詞織さん。最初の質問ですが――」

かくして始まった採用面接は、意外にも真っ当なものだった。

これまでの職歴の詳細や、持っている資格について。自宅はどこで、ここに通うとしたら交通手段はどうするか……。問われる内容はいずれも常識の範囲内で、それを尋ねるカイルの態度も同じくであった。

今までに受けた採用面接で詞織が見てきた一部の面接官――相手が若い女性というだけで急に馴れ馴れしくなる中高年男性など――に比べると、相手への気遣いを欠かさないカイルはむしろ紳士的で好感が持てるくらいだったが、素直に喜んでいる場合ではないだろう、と詞織は自分を戒めた。

やはり、この自称妖怪の館長代理さんには敵意はないようだし、だったら聞くのは今しかない。ここがどういう場所でカイルや利用者たちが何者なのかを確かめないと！　と言うかそもそもそれ以前に、妖怪の職場で人間が働けるわけもないのだから、すみません応募先を間違えましたって断らないと……！

詞織の心の内で、自分を促す声が何度も響く。しかし、あらかじめ質問内容を決めていたらしいカイルはてきぱきと話を進めてしまうし、聞かれたことには答えないといけないし、質問するタイミングが掴めない。そうこうしているうちに面接は十五分ほどで終了し、カイルはクリップボードとペンを置いた。

「ありがとうございます。こちらからの質問は以上です」

それを聞いた時、詞織の心の中の声のボリュームが跳ね上がった。

聞くならもう、今度こそ、本当に、今しかない！

その声に突き動かされるように詞織は身を乗り出し口を開いたが――だが、詞織が声を発するより、カイルの二の句の方が早かった。

「では、採用とさせていただきたいのですが、よろしいですか？」

「あの館長代理さ――え？　あ、はい、ありがとうございます」

不意打ちのような採用通知に、詞織は反射的に相槌を打ち、感謝までをも口にしていた。どうやら自分は自覚していた以上に「採用」という言葉が欲しかったらしい。赤くなって口をつぐむ詞織に、カイルはきょとんと目を瞬き問いかける。

「何か聞いておきたいことはありますか？　なければ――」

「あ、あります！」

　カイルの言葉に割り込むように詞織は再度身を乗り出した。聞きたいことは山ほどあるが、しかし、何から聞けばいい？　妖怪のこと？　カイルのこと？　詞織は短く逡巡し、言葉を選びながら口を開いた。

「では、あの……ええと――ここはそもそも何なんですか？」

「何って……新宿本姫図書館ですが」

「ですから、それは……どういう？　妖怪向けの図書館……なんです……よね？」

「そうですよ？　開館時間は水曜日から日曜日の午後十時から翌朝午前五時までで、その他不定期に休館することもあります。元々は、ご存じの通り本姫様が運営されていましたが、色々あって引退されたので、常連だった僕が館長代理を押し付けられ……もとい、任命されて運営しているというわけです」

　そう説明した後、カイルは「まだまだ力不足ですが」と言い足して肩をすくめてみせた。その仕草は親しみの持てるものだったけれど、話している内容はやはり不可解だ。「ご存じの通り」と言われても、その「本姫」という名前からして詞織にとっては初耳なのだ。と、カイルは困惑する詞織を見て訝しんだ。

「末花詞織さん――あなた、本姫様の伝説を知らないんですか？」

「え、ええ……。すみません」

「お気遣いなく。お住まいの土地が違えばそういうこともあるでしょう。口で説明してもいいのですが、うちの所蔵資料に記載があったはずなのでお持ちしますね。その本を見ていただいた方が早いので」

そう言ってカイルは席を立ち、「少しお待ちを」と言い残して部屋を出た。一人残された詞織は、椅子に座ったまま所在なげにあたりを見回した。

本棚の上に佇むノスタルジックな置時計は、午後十一時少し過ぎを指している。まだ終電まではしばらくあるので、家にはどうにか帰れそうだ。「無事にここから出れたら」という注釈付きではあるけれど。

そのまま視線を動かし、壁に備え付けの本棚へと目を向ける。改めてしっかり見てみると……と詞織は思った。

「並べ方……適当だな……」

棚に並んでいる本の種類は様々だ。和綴じの古書もあればハードカバーの洋書もあり、最近の旅行ガイドなども交じっている。ジャンルもサイズもバラバラなそれらの本たちには、図書館資料には付き物のはずの背表紙のラベルも見当たらず、並び順もランダムとしか思えない。

　これから整理する資料なのかもしれないけど、図書館ならもう少しきちんと並べればいいのに。そんなことを考えてしまう自分に詞織は呆れ、続いて、それにしても遅いな、とも思った。本を一冊取りに行っただけなのに。

　結局カイルが戻ってきたのは、それから十分近く経ってからだった。憮然とした顔で手ぶらで戻ってきたカイルは、色白の頬を薄赤く染めながら「……資料が見つかりませんでした。すみません」と小声で告げ、詞織の向かいの席に再び座った。

　職員が本を見つけられないなんて、妖怪どうこう以前に図書館として大丈夫なんですか、ここ……？

　つい不安になってしまう詞織である。カイルは仕切り直すように咳払いを挟み、服の襟を直して口を開いた。

「……本がないので、口で説明させていただきます。本姫様の伝説はそもそも、新宿は舟町の全勝寺というお寺に伝わっていたものです。本姫様は本名を松子と言い、徳川綱吉公の側用人だった牧野備後守成貞様のご長女で、その通称通り、読書が好きな姫君でいらっしゃいました。不幸にも若くして亡くなられた本姫様は全勝寺に埋葬され、そのお墓からは、朗読する声が聞こえたと言われています。そして、墓前には姫様の集めた本を収めた経蔵が設けられたのですが」

「きょうぞう……？」

「お経の『経』に土蔵の『蔵』の『経蔵』です。本来は仏門の経典を収めた書庫を指す言葉ですが、本姫様の経蔵には様々な分野の本が取り揃えられていたとも言われています。そして、その本はどんな身分の者でも自由に無料で借りることができた」

「へえ……！　まるで図書館みたいですね。そんな施設が江戸時代に？」

のんきに解説を聞いている場合ではないと分かっていつつも、幻想文学やファンタジー好きな詞織にとって、カイルの話は興味深いものだった。穏やかな語り口も相まってカイルの説明は聞きやすく、気が付けば詞織は釣り込まれて相槌を打っていた。

それを聞いたカイルが誇らしげにうなずく。

「とても先駆的でしょう？　ただし、一般的な公共図書館とは異なるルールもありました。ここで借りた本を返す時には必ず一冊、どんな本でもいいので別の本を添えなければならない」

「あ。それって、カウンターにあった利用規則の」

「ええ。当時のルールが今も引き継がれているんです。この伝説には続きがあり、もし、借りた本を返さないと――」

「ど、どうなるんです？」

「本姫様が夜な夜な催促に来ると伝えられていました」

真剣な顔で声をひそめるカイルであったが、あまり怖くない話だなあ、と詞織は思った。呪い殺されるとか祟られるとかではなく、ただ女の子が督促に来るだけなのか。貸出資料の延滞に悩まされてきた身としてはむしろ本姫様の方に同情してしまう。

カイルの解説はまだ続く。

「かつては『本姫様のお堂』などと呼ばれていましたが、図書館という概念が西洋から輸入された頃から『本姫図書館』と呼ばれるようになりました。本姫様の墓も経蔵も現存していないことから、単なる伝説と考える者もいるようですが……」

「それが実在していた、と」

「『していた』ではなく『している』です。今もここにあるわけですから。時代が移ろう中で、江戸の町民——東京の都民はその存在を忘れてしまいましたが、人よりずっと長く生きる妖怪は忘れはしませんでした。かくして本姫図書館は今のような妖怪専用の施設へと変わったわけです。墓地の経蔵では収まらないほどに所蔵資料が増えたため、本姫様はこの建物をご自身のお力で造られ、その上で、この隠世(かくりよ)に移転されたと聞いています」

「何度も尋ねてすみません。『かくりよ』って？」

「正確に説明するのは難しいのですが、この世とあの世の境目のようなところです。故に、普通に歩いて行き着くことはできず、特定の道筋を特定の順序で曲がったり折り返したりすることでのみ辿り着ける仕組みになっています」

「なるほど。こんな広い場所が住宅街にあるのは不自然だと思ったんですよね……。って、今『この世とあの世の境目』って言いました？　この世にちゃんと帰れるんですよね、わたし……？」

「当然ですよ。隠世の仕組みは妖怪ならみんなご存じだと思っていましたが」

腕を組んだカイルが不審そうな顔になる。そんなこと言われてもこっちは妖怪ではないのだから仕方ない。今更ですけど、と前置きし、詞織は声を潜めて問いかけた。

「さっきから館長代理さんが言っておられる、その『妖怪』についてですが……」

「妖怪は妖怪ですよ。『もののけ』、『百鬼夜行（ひゃっきやぎょう）』、あるいは『お化け』。最近では『あやかし』などとも称されるようですが」

「それは分かるんですが……だからその、ええと……つまり……妖怪って、あの妖怪のことなんですよね？　河童とか天狗とかろくろ首的な」

「そうです。もっとも、天狗とろくろ首はこのあたりにはいませんが」

じゃあ河童はいるのか！　思わず真顔になる詞織。そうそう、とカイルはさらに言葉を重ねた。

「それと、幽霊や、年を経た動物の変化（へんげ）も含みますね。ほら、先ほど末花詞織さんが開架室で会われたご老人」

「目が八個あった方ですか……？」

「あの人は蜘蛛の化身なんです。江戸という街ができるずっと前、市谷は富久町のとある坂に巨大な蜘蛛が巣食っていたという伝説をご存じ……なさそうですね、その顔を見る限り。大蜘蛛が日暮れ時になると行き交う女性を樹上に攫って食らうので、羅生門の鬼退治でも知られる武将・渡辺綱がこれを退治し、その蜘蛛の死骸があった場所からは毒水の井戸が湧いたという話です」

「そんな話があるんですね……。と言うか、退治されたのにどうして元気に図書館に来てるんです？」

「どうしてって、妖怪は命の在り方が一般的な生物とは異なりますから。退治されてもひょっこり生き返ることもあるんです。『お化けは死なない』と言うでしょう」

「まあ言いますけど」

釈然としない詞織だったが、今はとりあえず素直に話を聞いた方が良さそうだ。疑問を飲み込み「そういう妖怪の方って多いんですか」と尋ねると、カイルはけろりとうなずいた。

「他の街の事情はあまりよく知らないのですが、新宿には多いですよ。住民全員が顔見知りの昔ながらの共同体より、連帯感の希薄な都会の方が妖怪にとっては溶け込みやすいので。普段は人に化けて新宿の街で暮らしている方が多いですが、そういう方も、ここでは気が抜けるのか、本来の姿が漏れ出てしまうこともあるのです」

「な、なるほど……。で、今のお話でも、女の人を攫って食べたって言ってましたけど……妖怪って、人を化かしたり、取って食ったりするんですか……？」

「そういう方もいることはいます」

「やっぱり……！」

何気ない返事に詞織の顔がさっと青ざめる。その顔色の変化が気になったのか、カイルは軽く首を傾げ、ふいに目を細めた。

眼鏡の奥の目が訝しげに詞織を見据え、眉根がぎゅっと中央に寄る。不審な顔になったカイルは「失礼します」と断りながら、机に片足を掛けて大きく身を乗り出し、形良く尖った鼻を詞織の顔先数センチまで近づけた。

「え、何です？　近い――」

「――お静かに」

距離の近さに驚き、たじろぐ詞織を、短い声が黙らせる。詞織の匂いを嗅いでいるのだろう、カイルは鼻をひこひこと二、三度動かし、直後、ハッと目を見開いた。まさか、と息を呑む声が事務室に響く。

「さっきから、どうもおかしいとは思っていましたが――」

「な、何です？」

「もしかして末花詞織さん。あなたは——妖怪ではなく——人間なのですか」

「はい……あっ、もしかしてこれ言っちゃ駄目なやつですか⁉」

またもうっかりうなずいた後、詞織は再び自分に呆れた。と言うか、もし言っては駄目なパターンだったらそれを相手に聞いても駄目だろうし、それ以前に今は反省している場合じゃない。食べられる前に逃げないと！　焦ってバッグを掴む詞織だったが、自分の席に戻ったカイルが見せたリアクションは予想外のものだった。

「どうしよう……。人間を雇ってしまうなんて……！」

机に突っ伏したカイルが頭を抱えて懊悩する。

「本姫図書館の存在も、由来も全部……人間に話してしまい……あまつさえ、訪ねるための道順をメールで送ってしまった……！　しかも、妖怪が人に交じって暮らしているという事実までべらべらと……何てことだ、こんなことが本姫様に知られてしまったら……！」

両手で頭を押さえたカイルの苦悶の声が、事務室に重く低く染み入っていく。

……あ、あれ？　思ってた展開とちょっと違う……？

事務室から逃げ出そうと身構えていた詞織は、先ほどのカイルのように大きく眉根を寄せ、突っ伏したままの館長代理に恐る恐る歩み寄って問いかけた。

「……あの、館長代理さん？　この館のこととか妖怪のことって、人間に言っちゃいけなかったんですか？」

「はい……。これこれの内容を人に話してはいけないという明文化されたルールこそありませんが、妖怪にとっては常識であり不文律ですから……。一般的に、妖怪は自分たちの縄張りに人間が入ってくるのを嫌うものなんです。なのに……！　ああ、どうしよう……！」

「だ、だったら……その、なかったことにしませんか？」

「『なかったこと』？」

顔を上げたカイルが小さく首を傾げる。はい、と詞織は勢い込んでうなずいた。

「お互い今夜のことは綺麗さっぱり全部忘れてですね」

「つまり、一夜の過ちとして処理すると」

「……その言い方は若干誤解を招く気がしますけど、そういうことです。ほら、それなら丸く収まるじゃないですか。どうです？」

「そうもいきません」

カイルが力なく首を横に振った。どうしてですと詞織が尋ねるより先に、カイルは溜息交じりの声を発した。

「先ほど、僕は『採用とさせていただきたいのですが、よろしいですか』と尋ね、末花詞織さんは『はい』と答えましたよね。あの時点で既に一種の雇用契約が結ばれてしまっています。あなたは明日からここで働くしかないんです」

「契約？　でも、まだ契約書も何も……」

「妖怪の世界では口約束が書面以上の意味を持つんです。昔話の『鶴の恩返し』はさすがにご存じでしょう。あの話の中で、娘に化けた鶴は、ただ『機(はた)を織っているところを見ないでください』と言っただけで、証文を交わしたりはしていない。にもかかわらず、男が約束を破ったことで、鶴の変化は解けてしまい、その家に居続けられなくなってしまう……。それと同じです」

「な、なるほど……。いやしかし、あの鶴は妖怪なんですか？」

「人間に化ける動物は妖怪では？」

思わず詞織が尋ねると、カイルは素直な顔で問い返した。そう言われるとそんな気もする。とりあえず納得し、詞織はすぐに話を戻した。今は恩返しに来た鶴が妖怪かどうかを議論している場合ではない。

「ちなみにこの場合、わたしが約束を破ったら……つまり、明日から仕事に来なかったら、どうなるんです……？」

「分かりませんが、僕かあなたに不幸が訪れことは確実かと」

青白い顔できっぱり言い切るカイルである。そんな馬鹿なと詞織は否定したかったが、妖怪世界のルールや常識は全て初耳なので言い返しようがないし、カイルの大真面目な表情を見る限り嘘を言っているようにはまるで見えない。

「……どうして、人間相手に求人なんか出しちゃったんです？」

「僕は、人に交じって生きている妖怪向けに出したつもりだったんです。あれは本来、人間には見えないはずの告知でした。あなたがあの求人情報に辿り着けてしまったのは……言いづらいですが……おそらく、末花詞織さん、あなたの中の陰の気配が強くなっていたためでしょう」

「陰の気配？」

「要するに、魂の在り方があの世に近づいている状態です。極度に落ち込んだり気が滅入ったり、あるいは未来への展望を失ったりした時、魂は陰の気配を強く帯びます。心当たりはありませんか？」

「……あります。勤め先を探さなきゃ、でも四月になってから探してもそうそう見つかるはずがないって、だいぶ落ち込んで、暗くなってました……。と言うことは……その、つまり、……面接に来てしまったのは……わたしのせい？」

「言ってしまえば、そうでもあります」

詞織の心細い声での問いかけを受け、カイルが首を縦に振る。そう言われてしまうと詞織にはもう反論する術はなく、事務室に気まずい沈黙が満ちていく。

そして、双方が黙ったまま、時計だけがカチカチと時を刻むこと数分間。先に声を発したのはカイルだった。呆然と立ち尽くしたままの詞織に向き直り、「考えたのですが」と前置きして口を開く。

「やっぱり、ここで働いてもらえませんか」

「えっ？　ですが――」

「最後まで聞いてください。あなたは――末花詞織さんは、働く場所が欲しいんですよね。司書として仕事を続けられる場所が欲しいんですよね。履歴書の志望動機の欄に、そう書かれていましたよね？」

「それは……はい」

「ですよね。もちろん、あなたが人であることはバレないように取り計らいます。お給料もちゃんと払いますし、必要なら、表向きの社会的な身分だって用意できます。深夜営業の書庫や倉庫の事務員とかでどうですか？　それに保険証だって手配します」

「そんなことまでできるんですか？」

「化かすのは妖怪の得意技ですから」

思わず問い返してしまった詞織の前で、カイルが控えめに胸を張る。少し血色を取り戻した館長代理は、薄く自嘲しながら立ち上がり、種々雑多な資料が乱雑に並ぶ書架の前へと進んだ。

「……この棚、ひどいものでしょう。ろくに整理ができていない」

「確かに……あっ、いえ！　そんなこと思っていませんから！」

「嘘を吐かなくても結構です。……お恥ずかしいですが、これがこの館の現状です。本姫様からこの館を押し付け――ではなくて、任されて一年。見様見真似で一人で運営してきましたが、所詮は素人ですからね。どこからどう手を着けていいかも分からず、開架室も書庫も棚はめちゃくちゃで、探している本一冊見つけられない有様です。利用者の数だって底を打っていて、来館者はとても少ない」

「そうなんですか……？」

「さっきからずっと事務室に籠もっているのに、職員を呼ぶ声一つないのがその証拠ですよ。……でも、そこにあなたのような方が来てくれた」

「はい？　あ、『あなたのような方』って――、わたしそんな大したものじゃないですよ？　ずっと非正規でしたし……」

「謙遜しないでください。実際に公共図書館で働いてこられた経験をお持ちじゃないですか。僕が欲しているのは、そういう方の意見……経験者のアドバイス、そして信用できる指針なんです。図書館をより良くするための」

　真面目な声と顔とでカイルが言葉を重ねていく。その真剣な語りに耳を傾けながら、詞織は、すごいな、と心の中でつぶやいた。

これまでの話を聞く限り、ここは今まで詞織が働いていたような公営の図書館ではなく、本姫という妖怪が個人的に設立した施設らしい。だったら、利用率が下がると運営費が削られて給料が下がるとか、休館になってカイルが職を失うとか、そういうことはないはずだ。にもかかわらず、この青年は図書館の現状を改善したいと願い、そのための方法を探している。どうしてそんなに熱心なのかは分からないけれど、その真摯さは本物だ。熱意に釣り込まれるように、詞織は思わず問いを発していた。

「より良くする、というのは、利用者を増やしたいということですか？　もっと活気のある館になってほしい、という……」

「そんなおこがましいことは言えません。ただ、この施設のことを思い出してほしいし、知らなかった方には知ってほしいんです。そのためにも、使い勝手はできる限り良くしたい。たとえば、この本棚……。ここの本をどう並べれば見やすく、探しやすくなるのか、改善案を出すことはできるでしょう？」

「それくらいなら、まあ」

おずおず認めてしまう詞織である。それを聞いたカイルは「やはり」とうなずいた上で、沈鬱そうに眉根を寄せた。

「……無論、どうしても無理だと言われるなら、無理強いすることはできません。職員という名義だけ残して勤務しないとか、何か手を考えますが……でも、僕を助けると思って働いてもらうことはできませんでしょうか」

「それは……」

「不安なら、試用期間を設けましょう。半年……いや四か月。給与などの条件はもちろん正規雇用の時と同じです。ひとまずその期間だけ働いてみてはもらえませんか？試用期間が終わった時点で改めて継続の確認をさせていただきますし、これは無理だと思ったら途中で辞退していただいても構いません。だから——この通り、お願いします。僕にはあなたの力が必要なんです」

熱弁を重ねた後、カイルが深々と頭を下げる。あくまで真摯でまっすぐなその懇願に、詞織はまず困惑し、言葉を失い、同時に、この青年にほだされつつある自分に気が付いた。

さっきまでは絶対に無理だと思っていたのに、いつの間にか、案外そうでもなくなってきている。

顔を上げたカイルを前に、詞織は声を潜めて問いかけた。

「でも……妖怪って、人を食べたりするんですよね……？」

「そんな妖怪は近年では稀です。ほとんどいませんし、少なくとも僕はあなたのことを食べたりはしません」

「いやそれは当然では」

「そうか、そうですね、すみません……！　つまり、あなたの安全は保障するということが言いたくて」

「本当ですか……？」

「もちろん。言ったでしょう、妖怪の口約束は重いんです。もし働いてくれるなら、あなたのことは僕が必ず守ります！」

訝る詞織に歩み寄り、カイルが勢い込んで言い放つ。その力強い断言と距離の近さに、詞織の顔が赤くなった。ちょっと待ってください、とジェスチャーで示しつつ、そして呼吸を無理矢理整えつつ、詞織は改めて考えた。

安定した仕事が――それも、できれば司書として働ける場が――欲しかった詞織にとっては、カイルが提示してくれている条件は決して悪くない。開館時間が普通の図書館とは真逆で夜勤続きになるが、そこさえ慣れてしまえば何とかなるだろうし、何より、この不安な顔の青年の頼みを断るのは、とても後味が悪そうだ。

……だったら。

声に出さずに自問自答した後、詞織はカイルを見返し、口を開いた。

「そ、その……役に立てるかは全然分かりませんが……そこまで言ってくださるなら、わたしで良ければ――は、働かせていただければ」

「ありがとうございます！」

詞織が言い切るより先にカイルは礼を言い、それはもう大げさに安堵した。部屋中に響き渡った大きな溜息に、詞織は思わず吹き出しそうになる。その笑顔を見たカイルは恥ずかしそうに顔を赤らめ、少し距離を取って詞織に向き直った。説得に熱が入るあまり近づきすぎていたことに今になって気付いたらしい。

「それで末花詞織さん。明日からの勤務のことですが」

「今更ですけど、いちいちフルネームで呼んでいただかなくても……それに、敬語じゃなくてもいいですよ？　わたしは新人で、そちらは館長代理さんですから」

「そういうものですか？」

「わたしが今まで勤めていた館ではそうでした」

「なるほど。じゃあ、そうしますか……いや、そうするか。これからよろしく頼みま――頼むよ、詞織さん」

彼なりに考えた管理職らしい態度なのだろう、背筋を伸ばしたカイルが鷹揚に告げる。いきなり下の名前で呼ばれたことに詞織は多少面食らったが、本人も「苗字では呼ばれ慣れていない」と言っていたし、これが彼なりの歩み寄りなのだな、と詞織は理解した。それに何より、新しい勤め先の職場ルールに合わせることには慣れている。

姿勢を正して笑みを浮かべ、詞織は頭を下げた。

「こちらこそよろしくお願いします」

＊＊＊

その後、詞織はカイルから出勤時間や勤務内容についてざっくりとした説明を受けた。カイルはまだ不安なのだろう、二言目には心配そうな顔になり「嫌なら嫌と言ってくれていいので」「このやり方で大丈夫か？」などと繰り返すので、その度に詞織は「大丈夫ですから」と念を押さねばならず、少し疲れた。

出入り口は正面玄関しかないのでそこから帰ってくれ、前庭を抜ければこの世に戻れる、とのことだったので、作業があるというカイルを事務室に残し、詞織はカウンターへ通じる廊下へと出た。

人間の身でありながら、あの世とこの世の境目に存在する妖怪専用の図書館に司書として勤務することになった。

一旦冷静になって考えてみれば、相当異常な状況である。そして普通だったら断っているはずの話でもある。なのに自分は、カイルに押されて――あるいは空気に流されて――働くと言ってしまった。

これだからわたしは、と疲れた声が胸中に響いた。

自分の性格は知っている。押しに弱く、受け身がちなのも決して今に始まったことではないし、昔から、こんな自分を変えたいと思いつつも、結局ずっと変わっていないこともよく知っている。それでも……いや、それだからこそ、わたしは何をしているんだろう、という気にはなった。妖怪のための、妖怪しか来ない施設に勤めるだなんて、どんな危険な目に遭うかも分からないのに……。

今更のように募ってくる不安を、詞織は首を横に振って追い払った。利用者や上司が妖怪なだけで仕事は今までとそう変わらないはずだし、カイルも悪い人ではなさそうだし、きっと大丈夫に違いない。根拠はないけど大丈夫。

そう自分に言い聞かせながら、受け取ったばかりの職員証をバッグに収め、重たい木製のノブを回してカウンターへ出る。

と、貸出カウンターの向こうに巨大な蜘蛛が佇んでいた。

「……え」

体長ざっと二メートル、広げた足を含めると全長四メートル以上。剛毛の生えた八本の脚のうち前の四本をカウンターに掛け、ガラス玉のような八個の目でこちらをまじまじ見つめている。

固まった詞織を見るなり、巨大な蜘蛛はカウンターへと這い上がり、襲い掛かるように脚を大きく振り上げた。鳴き声とも脚の擦れる音ともつかない音がシャーッと響く。

「きゃーっ！」

元々節足動物が苦手なこともあって、本能的な恐怖感が詞織を突き動かし、薄暗い開架室に甲高い悲鳴が響き渡った。次の瞬間、詞織の後ろのドアが勢いよく開き、エプロン姿の細身の青年が飛び出した。

カイルである。詞織と蜘蛛の間に降り立ったカイルは、威嚇する蜘蛛をまっすぐ見据え、よく通る声を凛と発した。

「――館内ではお静かに願います！」

その声を聞くなり、今にも詞織に飛び掛かろうとしていた蜘蛛はぴたりと固まり、カウンターの向こうへへなへなと崩れ落ちた。よし、と短くうなずいたカイルが振り返る。

「大丈夫か、詞織さん？」

「は、はい、おかげさまで……。ありがとうございます」

「詞織さんのことは必ず守ると言ったろう。しかし一体何が」

そう言ってカイルが蜘蛛のいた場所へ顔を向けるのと同時に、カウンターの向こう側でセーター姿の老人が杖を突いて起き上がった。何だ、とカイルが脱力する。

「蜘蛛切坂さんじゃないか」

「く、蜘蛛切坂さん……？」

「詞織さんにはさっき話したろう。富久町に出た蜘蛛の人だ。蜘蛛切坂さん、軽率に本性に戻らないでくださいよ。彼女がびっくりする」

「いやあ、すまんすまん。ここは妖怪しか来ないし、誰もいないもんだから、つい気が緩んじまってね……。その娘さんは？」

「うちの新人職員の末花詞織さんです」

「新人？　ってえことは身内かい？」

「ええ。明日から入ってもらうことになりまして」

「だったらそう言っとくれよ。本性に戻ってたところに人っぽい匂いがフワッと来たもんで、つい昔を思い出して、我を忘れて襲いそうになっちまった。いやしかしお嬢さん、あんた化けるの上手いね。人かと思ったよ！」

「あ、ありがとうございます……」

ついさっきまで巨大蜘蛛だった老人に気さくな江戸弁で褒められ、詞織はぎこちない作り笑いで応じた。まったくもって笑い事ではないですけどね！　とは思ったが、それは言わないでおく。

蜘蛛の老人は本を借りたいとのことだったので、その相手はカイルに任せ、詞織は図書館の正面玄関へ向かった。靴に履き替えて重たい扉を開き、暗い前庭を抜ければ、もうそこは新宿の外苑東通りに面した路地の上だった。

「えっ？」

思わず驚きの声が出た。来る時はあんなに面倒な道順だったのに？　慌てて振り返ると、そこには雑居ビルに挟まれた行き止まりの路地があるだけで、あの木造の図書館の姿はどこにもなかった。

まるで夢を見ていたような気分だが、本姫図書館で過ごした分の時間はしっかり経過していたし、バッグのポケットを確かめてみると受け取ったばかりの職員証が入っていた。

「新宿本姫図書館　司書　末花詞織」

カイルが流麗な筆文字で記してくれた紙片を改めて見つめた後、詞織は四谷三丁目の駅に向かって歩き出した。終電にはまだ充分間に合う時間だ。

真夜中近くだというのに、駅に近づくにつれて行き交う人や車の数が増え、ビルの高さも看板の光量も増していく。さすが新宿、と詞織は思い、でもこの街には妖怪がいるんだな、とも思った。

——僕にはあなたの力が必要なんです。

——詞織さんのことは必ず守ると言ったろう。

思い出そうともしていないのにカイルの声がふと蘇り、頬が少しだけ熱くなる。

二十六年間生きてきて、あんな風に求められたのも、守られたのも初めてだったからか、思い出すだけで妙にどきどきしてしまう。とりあえず身の安全を守ってくれることは確からしいし、だったら、たとえ妖怪の来る職場でも、カイルがいれば大丈夫だろう、多分。いつの間にかカイルのことをしっかりと――少なくとも、面接を終えて事務室を出た時よりは――信頼している自分に気が付き、詞織は苦笑した。

むしろ不安なのは、自分が彼の期待に応えられるかどうか、ということだった。両目を光らせて詞織の動きを封じ、一声で巨大な蜘蛛をダウンさせたカイルの姿が自然と脳裏に蘇り、詞織の背中がぶるっと震えた。わたしは彼を怒らせずにちゃんとやっていけるのだろうか。正直、かなり買い被られている気もするが……。

でも、雇ってもらったからには、司書経験者としてご期待に沿えるよう精一杯頑張りますので、よろしくお願いいたします。

と、そう胸中で語りかけた後、詞織はふと考えた。

さっきの蜘蛛の老人のように、妖怪にはそれぞれの本性があるのなら、あの館長代理にも本性があるのだろうか。あるとしたら何なのだろうか。

四谷杉大門の全勝寺に一切經の倉庫があつて、お經ばかりでなく、多様多種の書册が納めてあつた、そして誰にでも貸して繆れる、借覧者は返還する際に、必ず何なりとも一册子を寄附する例で、殆ど圖書館の體裁をなして居つた。（中略）昔は經藏の施主本姫様といふ女性が、一切經を二度まで通讀したほどの讀書家で、自己の遺體を瘞埋した上に此の書庫を建させた、それ故に冢中から咿唔の聲が漏れると傳説した。

（「大名生活の内秘」より）

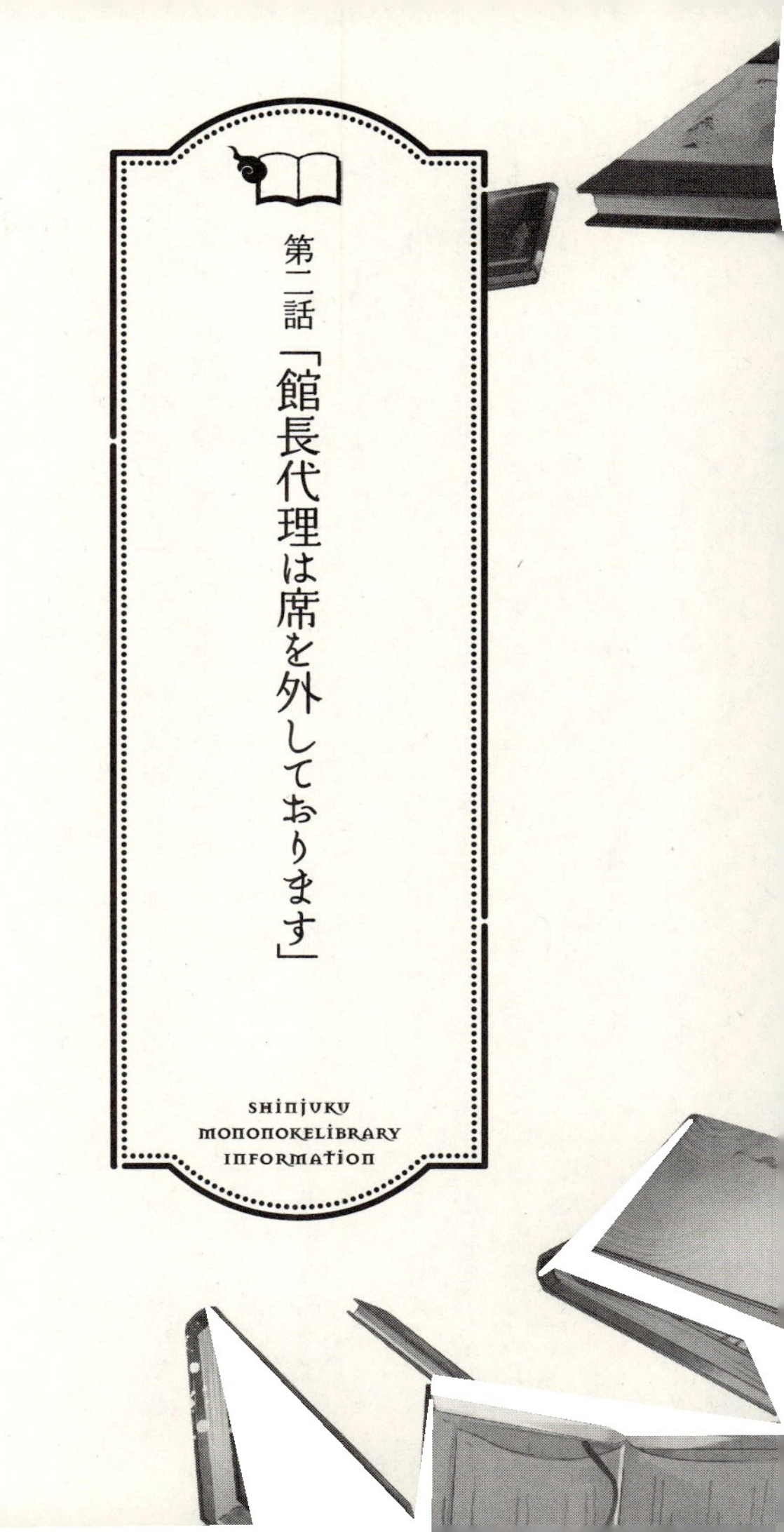

第二話「館長代理は席を外しております」

SHINJUKU
MONONOKELIBRARY
INFORMATION

翌日の夜、詞織は再び四谷三丁目の駅で降り、本姫図書館へ向かった。

昨日は面接だったのでフォーマルなスーツだったが、今日は地味な白のブラウスにグレーのフレアスカート、ベージュのスプリングコートという、おとなしめの取り合わせだ。いずれも前の勤務先でもよく着ていたものである。

本姫図書館の職員の服装の基準は分からないけれど、館長代理のカイルも普通にカジュアルな洋装だったし、これくらいで大丈夫だろう。だよね。

何度目かの自問自答とともに、外苑東通りから舟町の住宅街へと入り、スマホで道順を確認しながら細い路地を何度も曲がる。

「九時半までに来てくれればいい。僕の出勤も毎日それくらいだし、それ以上早く来られても僕はいないから」と昨夜カイルは言っていた。現在時刻は午後九時九分なので、充分間に合うはずだ。

昼間から曇っていた空は依然分厚い雲に覆われており、星も月もまるで見えない。傘を持ってくればよかったかな、などと考えながら、町内会の掲示板の前を通り過ぎる。その足取りはややぎこちなく、関節もなんだか妙に強張(こわば)っている。思った以上に緊張している自分に詞織は気付き、すぐに、それも当然か、と納得した。何せ、今日は初出勤で、しかも勤め先は妖怪専門の図書館なのである。

今更のように不安がこみ上げ、足がさらに重くなる。昨日、カイルがいるから大丈夫だろうと納得したはずなのに、何をやっているんだか……。自分の煮え切らなさに呆れていると、道沿いのブロック塀の上を、一匹の猫がとととと、と通った。

詞織と同じ方向へ向かっていた猫が、塀の上で足を止め、ふいに詞織へと振り返る。反射的に詞織は猫をまっすぐ見返し、美人な子だな、と思った。

まだ若い個体のようで、全身はシュッと引き締まっており、短い体毛はきつね色に近い明るい茶色。細身の体に反して尻尾だけは毛が長く、ふさふさモフモフと柔らかそうに揺れている。首輪の類は付けていないが、野良にしては毛並みが綺麗なので、おそらく飼い猫なのだろう。

「君はどこの子なのかなー？　おうちに帰るところ？」

塀に少しだけ歩み寄り、猫に視線を合わせて猫撫で声で呼びかけてみる。普段は猫を見かけてもこんな風に話しかけたりしないが、あたりに人通りはないし、猫は警戒心の強い生き物だ。どうせすぐ走り去ってしまうだろうから……と、詞織はそう思っていたのだが、意外にもきつね色の猫は動かなかった。大きな目をきょとんと開き、詞織をまっすぐ見つめている。

「あれ？　逃げないの？　わたしが怖くないのかニャー？」

呼びかけながら手を伸ばし、そっと額に触れてみる。詞織の指先にふわりと柔らかい温かみが伝わり、猫はくすぐったそうに目を細めた。そのまま頭を撫でてみてもなお、猫は逃げようとしなかった。

「よしよし。なんだか不思議な子だね……」

顎を掻いてやりながら、詞織は猫をじっと見た。人懐っこくじゃれてくるわけではないのだが、詞織のことを警戒したり嫌がったり怖がったりしているようにも見えない。一体、どういう飼われ方をしてる子なんだろう？　そんなことを思いながら猫に触れたり撫でたりしているうちに、詞織はふと、笑っている自分に気が付いた。

仕事への不安で強張っていたはずの心が、いつの間にかすっかり解きほぐされてしまっている。現金な自分に呆れつつ、詞織は猫から手を離し、姿勢を正して微笑みかけた。

「ありがとう。君に言っても分からないと思うけど、わたし、今日、初出勤なの。だから緊張してたんだけど、君のおかげで気が楽になったみたい。頑張ってくるね」

じゃあね、と軽く手を振ると、猫は「にゃあ」と一声鳴き、塀の上を軽やかに走り去った。その後ろ姿を見送った後、詞織は、よし、とうなずき、再び歩き出した。

＊＊＊

その後、詞織は一度も立ち止まることなく歩き続け、九時二十分に本姫図書館に着いた。

木製のドアには「閉館中」の木札が掛けられていたが、鍵は開いていた。「失礼します」と声を掛けながら中を覗き込むと、貸出カウンターの手前にカイルが立っていた。ライトグリーンの半袖シャツの上に紺碧のエプロンを重ねていたカイルは、詞織に気付き、眼鏡越しの視線を入り口へと向けた。

「ああ、詞織さん。お待ちしていました……じゃない、待っていた。こんばんは」

「こ、こんばんは」

普通の図書館なら「おはようございます」だけどな、と思いつつ挨拶を返し、中に入ってドアを閉める。昨日言われた通りに持参したルームシューズを取り出して履き替え、詞織はカウンターへと近づいた。

貸出・返却用のカウンターはL字型で、二つの辺はそれぞれ玄関と開架スペースに面している。カウンターの内側は、三、四人が座って仕事をできそうなくらい広かったが、革張りの色褪せた椅子は二つだけだった。昨日は一脚しかなかったので、詞織用にカイルが用意してくれたのだろう。バックヤードに通じるドアの脇には、木製の本棚や書類棚などが並んでおり、壁ではノスタルジックな振り子時計がカチカチと音を立てている。

「館長代理さん、お早いんですね。それで、タイムカードは」

「『たいむかーど』？」

「ええと……何時何分に誰が出勤して何時に帰りました、って記録を付けるための装置と言うか仕組みなんですけど……そういうのはないんでしょうか。今まで勤めた館にはあったんですが……」

「そうなのか？　君の出勤記録は出勤簿と日誌で管理するつもりだけれど、それではまずいだろうか」

　困惑気味に眉根を寄せたカイルが首を傾げて問い返す。アナログだなあと思ったが、正確に記録できるなら問題はないし、そもそも詞織は駄目出しできる立場ではない。

それでいいと思います、とうなずくと、カイルはほっと安心し、エプロンの紐を締めながらバックヤードへ通じるドアを見た。

「昨日面接した部屋の手前側の机に、エプロンと名札を用意しておいた。あの机を使ってもらって構わないから、荷物を置いて支度してきてほしい。それと、昨日渡した職員証は必ず身に着けておくように」

「職員証？　どうしてです？」

「あれには僕の妖気が込めてあるんだ。妖気というのは妖怪独特の気配と言うか匂いみたいなものなんだけれど、それを帯びてさえいれば、みんな詞織さんのことは実体のはっきりした幽霊か何かだろうと思うはずだ。逆に言うと、職員証がない場合、勘のいい妖怪はこいつは人間だと気付いてしまいかねない」

「な、なるほど……」

巨大な蜘蛛にいきなり襲われそうになったことを思い出し、詞織は震える声で答えた。支度してきます、とカイルに告げてドアを開けて廊下を通り、昨日も訪れた事務室へ入る。

と、面接の時にも使った机の上に、丁寧にたたまれた紺碧のエプロンと、首に掛けるタイプの名札が並べてあった。エプロンはカイルの着けていたのと同じもので、名札には職員証同様の達筆な字で「司書　末花詞織」と記されている。

色々な館に勤めてきたけれど、筆文字の名札は初めてだ。少し墨の匂いが残る名札に新鮮さを感じながら、詞織はバッグを机に置いてエプロンを取った。

上部の紐に首を通して前に掛け、腰の後ろできゅっと紐を縛ると、スイッチを切り替えたように気分がギュッと引き締まる。今から自分は司書になるぞ、仕事するぞ、という気持ちが高まる、この感覚が詞織は好きだった。

軽く裾を引いてエプロンの位置を整え、バッグから取り出したボールペンとメモ帳をエプロンのポケットへ。カード状の職員証がメモ帳のポケットに入っていること、髪が乱れていないことを確認した上で、詞織は名札を付けてカウンターに戻った。

「お待たせしました」

「ああ――ほう」

「な、何です？　変じゃないですよね……？」

カイルにまっすぐ見つめられてたじろぐ詞織。と、カイルはハッと息を呑み、首を横に振ると、生真面目な視線を詞織に向けた。

「いや、全然そんなことはないのだが……ここは『似合っている』とか言うべきなのだろうか？　人間の若い女性に対してはそれが礼儀と本で読んだことがあるが」

「え？　い、いえ、仕事相手の部下に対しては、別にそういうコメントは要らないかと思いますが……。そういうの、むしろ最近だとセクハラ扱いになったりしますし」

「なるほど。ありがとう、覚えておく」

「い、いえいえ、お礼を言われるようなことでは……。それで、開館前は何をしたらいいんです？」

「普通の図書館では何をするのだろう？」

「はい？」

思わず詞織は問い返していた。いや、聞いているのはこっちなんですけど。からかっているのかとも思ったが、カイルの顔は真剣で、冗談を言っているようには見えない。詞織は軽く首を傾げ、「館にもよりますが」と口を開いた。

「掃除、新聞や雑誌の受け入れ作業、返却ポストに返された資料の返却処理……。あと、ネットで予約された資料の確保とかも開館前の仕事でしたね」

「しかし、うちは新聞や雑誌は取っていないし、返却ポストもネット予約の仕組みもないからな。できることと言ったら掃除くらいだろうか」

「いや、わたしに聞かれましても……。じゃあとりあえず掃除しますね。掃除用具はどこにあるんです？」

「廊下の奥だ」

「分かりました」

「しかし掃除なら昨日の閉館後に済ませたばかりだが」

控えめなカイルの一言が、廊下に向かおうとしていた詞織の足を止める。じゃあそう言ってくださいよ！　心の中で突っ込みながら戸惑った目を向けると、若々しい外見の館長代理は薄い肩をすくめ、ばつが悪そうに視線を逸らした。

「振り回してしまって申し訳ない。僕は、人を雇ったり使ったりしたことがないもので、どうにも勝手が分からなくて……」

「もっと自信を持ってくださっていいですよ……？　わたしはここのことを全然知らないわけですし、言ってくれればその通りに動きます」

「しかし……」

「館長代理さんはドンと構えていてくださって大丈夫ですよ。わたしの上司で先輩で、人生の大先輩なんですから」

困った顔になるカイルを前に、詞織の顔に苦笑が浮かぶ。と、それを聞いたカイルは意外そうに目を瞬いた。

「人生の……大先輩？」

「だってそうでしょう？　館長代理さん、妖怪なんだからわたしよりすっごく年上ですよね。昨日来られた蜘蛛のおじいさんは、江戸より古い時代の方でしたし、だったら館長代理さんも何百年も生きておられるものかと──違うんですか？」

「えっ？　まあ──ああ、うん。そうだな」

もごもごと言葉を濁すカイルである。その反応に詞織は軽い違和感を覚えたが、カイルが「では、ここでの仕事について簡単に説明を」と続けたので、慌てて姿勢を正し、エプロンからメモ帳とペンを取り出した。

「まず貸出規則だが、これは昨日言った通りだ。そこにも書いてある」

「四冊二週間まで、返してもらう時には一冊追加、ですね」

カウンターに積まれた「新宿本姫図書館の使い方」を見ながら詞織が応じる。その他にカウンターに置かれているのは、返却日を押印するためのスタンプと、あとはペン立てくらいのものなので、今まで詞織の勤めてきた館に比べると格段に広い。何かが足りないような気がするな、と心の端でつぶやきながら、詞織はカイルの説明に耳を傾けた。一区切りがついたところでカイルが顔を上げ、壁の振り子時計に目をやった。いつの間にか短針は十に重なり、長針も十二に差し掛かりつつある。

「そろそろ開館だな」

「開館の時って何をするんです？」

「鍵は開けてあるから閉館中の札を裏返すだけだ」

カウンターを出たカイルが玄関へ向かい、扉を開ける。詞織が隣から覗き込むと、外は小雨が降り始めており、前庭や敷石が濡れていた。へえ、と詞織は驚いた。

「隠世でも雨って降るんですね……」

「隠世とは言っても、この世の一部を本姫様の力で拡張して作られた場所に過ぎないからな。新宿に雨が降ればここも同じように雨が降る」

カイルが閉館中の札を外しながら語る。詞織が、あのきつね色の猫は大丈夫かな、とふと思うのと同時に、ぼーん、と振り子時計が鳴った。

重く鈍い音は十回繰り返され、十時になったことを館内に告げる。「閉館中」の札を裏返して「開館中」にした後、カイルは館内に戻ったので、詞織もそれについていく。

「もう開館したんですよね。利用者の方が来られたらどうすれば」

「先ほど確認した規則に従って処理してくれればいい。返却時に新しい本を一冊受け取ること以外は普通の図書館と同じだ。詞織さんは司書経験者なのだから、貸し出しや返却の手続きは慣れているだろう？」

「それはそうですけど」

そんな会話を交わしながら二人がカウンターに戻ると、玄関のドアがギイッと音を立てて開き、陰気な男がふらりと入ってきた。

え、もう誰か来た？　来館者は少ないって言ってたのに？

思わず背筋を伸ばし、詞織は今日最初の来館者に顔を向けた。外観年齢は三十歳前後、猫背の細身に黒いジャケットを羽織った男性である。雨に濡れた黒い傘と黒のトートバッグを持ち、長い前髪で顔を隠したその男は、傘を傘立てに立て、サンダルをスリッパに履き替えてカウンターへと近づいた。「常連さんだ」とカイルは詞織に小声で告げ、男に向かって声を掛けた。

「こんばんは、払方(はらいかた)さん」

「こ、こんばんは……」

カイルに続いて詞織が挨拶すると、払方と呼ばれた男は見慣れない職員がいることに気付いたのだろう、軽く首を傾げたが、「どうも……」とだけ会釈を返し、バッグから本を二冊取り出してカウンターに重ねた。

タイトルは「本邦武芸書源流史(ほんぽうぶげいしょげんりゅうし)」と「体術を読み解く」。いずれも相当年季の入った古本で、「本邦武芸書源流史」の小口には「本姫図書館」の蔵書印が押されていた。

払方はたまたま玄関に近い方に立っていた詞織の前に二冊の本を並べ、くぐもった声でぼそりと告げる。

「これを返しに来たので、返却手続きを……。こっちが追加の一冊」

「はい、お返しありがとうございま――」

武術の本が好きな方なんだな。そんなことを思いながら詞織は返却された本を反射的に受け取り、その直後、ぴたりと固まった。

今ようやく気付いたのだが、ここには図書館のカウンターには付き物のはずのパソコンもバーコードリーダーもないのだ。

貸出の時はまず利用者カードを読み取ってから資料のバーコードを読み、返却の際は本のバーコードだけを読む。この手順は今まで勤めたどの館でも同じだったので、無意識のうちにここもそうだと思い込んでいたのだが……。

困惑して思わず隣へ視線を向けると、見つめられたカイルは首を傾げた。

「どうした、詞織さん?」

「す、すみません……。あの、代わってもらっていいですか……?」

抑えた声で頼むと、カイルは意外そうに眉をひそめたが、すぐに詞織に代わってカウンターの上の資料を受け取った。まず、寄贈された「体術を読み解く」を空の本棚に並べ、次いで、引き出しの上の小箱を開け、返却された本のタイトルが記されたカードを探して抜き出す。書名のカードは「利用者の氏名・払方マタル」と記された袋状のカードに差し込まれていた。カイルは書名カードを「本邦武芸書源流史」の最終ページに貼り付けられた袋へと収め、袋状のカードを払方へと差し出した。

「確かにお返しいただきました。いつもありがとうございます」

「どういたしまして……」

自分の名前が記された袋状カードを受け取り、書架の方へと歩いていく払方。その背中に慌てて「ありがとうございます」と告げつつ、詞織はぽかんと目を丸くしていた。

ブラウン式貸出法だ、と胸の内で声が響く。

利用者には袋状の貸出券を最大貸出冊数の分だけ渡しておき、所蔵資料の最終ページにはタイトルを書いたブックカードを収めておく。利用者は借りたい本と貸出券一枚をセットでカウンターに出し、司書は本からブックカードを抜いて貸出券に挟んで保存する……。バーコードとデジタルデータによる資料管理が導入されるまでは、全国の公共図書館で広く使われていたらしい方法だ。大学にいた頃、司書課程の講義で話だけは聞いたが、実際に見るのは初めてである。

「まだ現役だったんですね……」

「何がだ？　何をそんなに驚いている」

「あっ、すみません……！　この貸し出しの形式、初めて見たので」

「そうなのか？　公共図書館では一般的なやり方と聞いていたが」

「一昔か二昔前の話ですよ、それ……」

驚くカイルに小声で応じ、詞織は引き出しの上の小箱に横目を向けた。そう大きくもない細長い木箱の中には、書名が書かれたカードがぎっしり並んでいる。ざっと見たところカードの枚数は――つまり現在貸出中の本の冊数は――約百点。一般的な公共図書館だったら少ないが、ほとんど利用がないと聞いていた割には意外に多いな、と詞織は思った。

「もしかして、ずっと延滞している人が結構いたりするんですか？」

「……まあ、少なくはないな。放置しておくべきでもないのだが、なかなか手が回らなくて」

「昨日、妖怪は約束を守るものだって言ってませんでした……？」

「言ったが、同時に、妖怪は他人を化かす――即ち、騙す存在でもある。このあたりの感覚は、人間には説明しづらいのだけれど……ともかく、借りた本を返さない人は存外に多いんだ」

肩をすくめながらカイルが腰を下ろしたので、詞織も椅子に腰掛ける。「そういうところはどこも同じなんですね」と漏らすと、カイルは興味深そうに詞織を見た。

「詞織さんの前の職場でも延滞は多かったのか？」

「ええ。延滞している人全員に一斉に督促できればいいんですけど、そうもいかないので……。だから、パソコンで検索して予約が付いているか調べて、待っている人がいる本から順番に督促の電話かメールをするのが日課で――って、待ってくださいよ。この館、パソコンがないわけですよね……？」

「ああ。見ての通りだ」

「ですよね？　ってことは資料の検索もできないですよね？　資料管理はどうやってるんです……？　こういう本はありますかって聞かれた時は？」

「どうって……記憶に頼って答えているが？　僕は一応、この館の蔵書の六割くらいは把握している」

「すごいですね！　いや、すごいんですけど……その、人力以外の方法はないんですか……？」

「一応、カードも使っているけれど」

不審そうな顔のカイルは立ち上がってカウンターを出て、壁際に設置された引き出しへと歩み寄ると、碁盤の目状に並んだ小さな引き出しの一つを引き開けた。奥行の長い引き出しの中には、ハガキの半分ほどのサイズのカードがぎっしり配列されており、それぞれに本のタイトルや作者名、出版社、刊行年月などが記載されている。タイトルの頭文字順に並べられたカードを前に、詞織はまたも驚いた。

「目録カード……？　これも大学の講義で聞きました。デジタルデータで管理できるようになる前はこの方式が主流だったって。引き出しがいっぱいあるのは」

「題名と作者の名前で引けるようになっているんだ。左上の引き出しから題名の、真ん中のここからは作者の名前の順番に並んでいる」

「なるほど……。タイトルと著者名で、どんな資料があるのか調べられるようになってるんですね。ちなみにこれ、どういう並び順なんですか？　五十音順？　アルファベット？」

「いろは順だが」

「そう来ましたか」

　さすが妖怪図書館、ルールも古風だ。驚きながらも納得し、詞織は小さな引き出しを改めて見つめた。よく見ればそれぞれの引き出しには、色褪せた文字で「い～ろ」「ろ～は」のように、頭文字が記されている。

　目録が何もないよりは全然ありがたいけれど……と詞織は心の中でつぶやいた。タイトルか作者の頭文字が分からないと資料の有無を調べようがなく、ジャンル名で検索を掛けることもできないというのはなかなかに不便だ。当たり前のように使っていたパソコンとデータベースのありがたみをしみじみと噛み締めつつ、とりあえず「いろはにほへと」をちゃんと覚えようとも思いつつ、詞織は再び席に戻った。

「今更ですけど、ここ、パソコンもないしネットも繋がってないのに、どうやってわたしのメールに返信したんです……？」

「ああ。あれは僕のスマホから送ったんだ」

「あ、スマホは持ってるんですね」

「おかしいかな。僕らは妖怪ではあるものの、人として現代社会に溶け込んで暮らしているんだから、それくらい持っていても変ではないと思うけれど……」

「それはそうなんですが、図書館とのギャップがちょっと……。ちなみにここって電気は来てるんですか」

「来ていない」

「ですよね……。って、じゃああの照明は？」

一回肩をすくめた後、詞織は視線を真上に向けた。五、六メートルほどの高さがある天井には、クラシカルで豪奢なランプがぶら下がり、淡い光を発している。色々質問しすぎて気を悪くしないかな、と詞織は少し不安になったが、カイルは意に介す様子もなく、気さくに応じてくれた。

「あれは陰火(いんか)だ」

「いんか？　中南米の文明……ではないですよね」

「陰陽の陰に火と書いて陰火。陰の気を帯びているため熱を発しない特殊な炎で、鬼火や狐火などとしても知られている。本姫様がこの施設に込めた妖力が陰火となって燃えているんだ」

「へえ……」

間抜けな声で相槌を打ち、詞織はランプをまじまじ眺めた。当たり前のように出てくる鬼火だの妖力だのといった単語が、ここは妖怪の世界なのだということを改めて実感させてくれる。慣れないとね、と自分に語りかけながら、詞織は視線を下ろして玄関へと目を向けた。

木製の重い扉は閉まったままで、新しい利用者が来る気配はない。どことなく手持ち無沙汰な気分を感じつつ館内を見回すと、遠くの棚の前で、先ほどの黒ジャケットの男が本を選んでいるのが目に映った。分厚いハードカバーを手にページをめくるその姿は、やはり普通の人間にしか見えない。詞織はカイルに少し身を寄せ、ぼそりと小声で問いかけた。

「あの、館長代理さん」

「何だろう」

「これはもしかして利用者さんのプライバシーにかかわることかもしれないですし、

言えないのならそう言ってほしいんですけど……さっき本を返されたあの方……払方さんでしたっけ？　あの方、どういう妖怪なんですか？　それとも幽霊？」

「払方さんか。彼のことなら別に秘密でもないし、むしろ常連の方の種族くらいは知っておいた方がいい。あの人は、雨に歩く男だ」

「『雨に歩く男』……？」

　あっさり告げられた名称を、詞織は怪訝な顔で繰り返した。何だ、その昔のスパイのコードネームみたいな名前は。

「正体を明かしちゃいけない方なんですか……？」

「えっ？　いや、そうではなくて」

　訝しむ詞織を見てカイルが目を瞬く。椅子ごと詞織に向き直ったカイルは、本棚の奥へと進む払方をちらりと見た後、穏やかに言葉を重ねた。

「払方さんの場合、そうとしか言えないんだ。彼のことは『寐ものがたり』という江戸時代の随筆に記録されている。ある雨の夜、払方町の井戸の周りを黒い衣の武士が歩いていたが、その姿は誰にでも見えたわけではなく、見えた人と見えなかった人がいたそうだ」

「ほ、ほう……。それで？」

「え？　いや、今ので『雨に歩く男』の話は終わりだが」

「へっ」

きょとんと答えたカイルを見返し、詞織は間抜けな声を漏らした。

だって、ただ歩いていただけって、そんなの怪談でも伝説でもなくて、単なる報告じゃないですか。妖怪ってもっとこう、どういう出自で、何が目的で、何をやって、最後はどうなったみたいな、そういう話があるのでは？　納得しがたい顔になった詞織を前に、カイルは落ち着いた口調で応じた。

「意外に思うかもしれないけれど、妖怪譚の多くはこういうあっさりしたものだ。立派な来歴や物語を持つ妖怪の方が少ないくらいだ」

「そうなんですね……。勉強になります。あと、今のお話だと、雨に歩く男……さんが出たのは『払方町』ということでしたよね？　で、あの方の名前は払方……。何か関係があるんですか」

「ああ。僕らには、出身地を苗字として名乗る風習がある」

「じゃあ館長代理さんも……？」

名札に記された「牛込山伏町」という姓を見ながら尋ねると、カイルはうなずき、「昔、市谷のあたりにあった町の名だ」と付け足した。そこから自分の出自や種族の話が始まることを詞織は一瞬期待したが、カイルは会話を切り上げてしまった。少し残念ではあったけれど仕方ない。詞織もカイルに倣ってカウンターに向き直り、姿勢を正した後、ちらりと再び玄関を見た。

新しい利用者が来る気配は依然ない。払方は書架の陰に消えてしまったし、まるで誰もいないかのようだ。

「静かですね……」

「いつもこんなものだ。……情けない話だけれど」

「い、いえ、そんなつもりでは……」

申し訳なさそうに溜息を吐くカイルにもごもごと意味のない言葉を返し、気まずい、と詞織は思った。

初日から目が回るほど忙しいのもつらいが、何もやることがないというのも、これはこれでやりづらい。と言うか居づらい。

　初日だから研修みたいなものがあると予想していたのに何も始まる気配がないし、せめてカイルが何か作業をしているなら代わるなり手伝うなりできるのだが、この館長代理は背筋を伸ばして座ったまま、たまにちらちら詞織を見るばかりで、仕事をする気配がないのである。

気まずい沈黙はそのまま数分間続き、ややあって詞織はおずおずと隣のカイルに声を掛けた。

「あの……館長代理さん？　わたしは何をしたらいいですか？」

「えっ」

「いや、『えっ』じゃなくて……。さっきも言いましたけど、わたし、今日来たばかりですから、何をすればいいか分からないんです。館長代理さんが指示してくださらないと」

「僕が……？」

「それはそうですよ。館長代理さんはここの責任者なんですから、職員に指示を出してくださらないと……。管理職ってそういうものでしょう」

「そういうものなのか？　……いや、分かった、そうだな」

妙に難しい顔になったカイルが、自分に言い聞かせるように何度も首を縦に振る。

お願いします、と詞織は微笑み、次の言葉を待ったが、結局カイルは何も言わないまま、時間だけが過ぎていく。詞織は居心地が悪そうにカウンター内を見回していたが、先ほど払方が返した一冊の本に目を留めて立ち上がった。

「わたし、返却行ってきてもいいですか……？」

「一冊しかないのに？　何冊か溜まってからでいいのでは」

「でも、本の配置も覚えたいですし。この館、どういう風に並んでるんです？」

「この開架室から廊下を出ると事務室や休憩室、開架室の突き当りには空き部屋が」

「いえ、間取りではなくて、本の並び方は……」

「右から順に文学、実用書、子供の本……かな」

「なるほど――って、え。それだけですか？　配架案内図とかは？」

「ないが」

「ないんだ……」

返却本を手にした詞織の口から、率直な感想が自然と漏れる。それを聞いたカイルは決まり悪そうに頬を掻き、分かりにくいので案内するよ、と自分も席を立った。

「このあたりが歴史書で、そっちが農業や園芸の本。江戸時代以前の怪談や奇談についての本は多いので、あのあたりの一角にまとまって……」

背の高い本棚の間を歩きながら、カイルが左右の棚に並ぶ本のジャンルを説明し、メモ帳を手にした詞織がその後に続く。カイルの言葉に耳を傾けながら、詞織は眉根を寄せていた。

一応、同じジャンルの本はひとまとめにされているようだが、その並び順に法則性がまるでない。それぞれの本には分類を示す背ラベルもなく、棚にはジャンル名が掲示されているわけでもない。図書館と言うより、本をたくさん持っている個人の私的な書庫か、あるいは古本屋の倉庫のようだ。

「公共図書館とはずいぶん違うんですね……」

「そうなのか？　普通はどういう感じなんだ」

立ち止まったカイルが振り返って問いかける。説明を受けてるのはわたしなんですけど、と胸中でつぶやき、詞織はメモを取る手を止めた。

「わたしが今まで勤めていた館だと、分類規則を使ってました。それに従って割り振られた数字が背表紙のラベルに書いてあって、その順番に並べるんです」

「その数字が本のジャンルを示しているわけか」

「そうです。百の位が一番大きなカテゴリーで……たとえば一だったら哲学や宗教、二だったら歴史や地理みたいな区分を表していて、その下の位や小数点以下の数字は、もっと細かい分類を示します。九一三・六が日本の現代文学とか」

「なるほど。それも大学の講義で学んだのだろうか」

「はい。テストもあって、『七七七』が『人形劇』なのは、今でもよく覚えてます。覚えやすい数字だったので……って、え？」

カイルの問いに気軽に答えた後、詞織はびくっと身を震わせた。いつの間にか、自分を見つめるカイルの視線が妙に真剣なものになっていたのだ。ど、どうしてそんなまじまじ見るんです？　戸惑った詞織が少し身を引くと、カイルは凝視してしまっていたと気付いたようで、失敬、と断って再び歩き出した。

その後、書架の説明を一通り聞き、返却する本もあるべき位置へ戻したので——と言っても「大体このあたりでいいから」という大変アバウトなものだったが——詞織はカイルとともにカウンターへと帰った。

それからも利用者は来ず、そしてカイルからの指示も何もなかった。やることがないなら、昨日の面接の時に聞かれた事務室の本の整理を提案してみようか……などと思ったりもしたものの、勝手も分かっていない初日から聞かれてもいないことを言い出すのも良くない気がしたため結局何も言えず、詞織はそんな自分に呆れた。一応、カイルに「何か仕事はないですか」と視線で訴えてはみたのだが、何ら効果はなく、詞織の気苦労だけがいっそう募る結果となった。

しかも、さらに疲れることには、館内の案内から戻ってから、なぜかカイルが詞織をやたら気にするようになったのだ。

自分の席に座ったまま、ちらちらと詞織に横目を向け、見返すと慌てて目を逸らす。何を言われるわけでもないが、だからこそ余計に気にかかる。

もしかして自分は知らない間に何かとんでもないミスをやってしまっているのだろうか。まさかとは思うけど、食欲に耐えているとかではない……よね……？

眉をひそめて自問するも答は出ず、そして仕事も特にないまま、時計だけがカチカチと時を刻んでいく。気まずい時間はゆっくりじっくり過ぎていき、やがて振り子時計が十二時を告げた。十二時か、とカイルが時計を見やる。

「休憩の時間だな。食事は持ってきているだろうか？」

「ええ」

「なら、先に休んでくれ。休憩時間は一時間。事務室でもいいし、休憩室を使ってくれてもいい。休憩室は事務室の隣だ」

「分かりました」

カイルにうなずき返し、詞織はドアを開けて廊下へと出た。事務室の隣の部屋を覗いてみると、そこは和風旅館を思わせる畳敷きの和室であった。

広さは六畳、窓は障子張りで、天井からはシェードの掛かったランプが下がっている。雰囲気は良かったし、ゆったりした座椅子と机、部屋の奥には給湯設備もあったので、詞織はこの部屋で休憩することにした。

事務室からバッグを持ってきて座椅子に座り、背もたれに体を預けると、ふう、と大きな溜息が自然と漏れた。

何をしたわけでもないのに、妙に肩が凝っている。原因はもちろんカイルだろうな、と詞織は思った。言いたいことがあるならはっきり言ってほしいし、仕事の指示もしてほしい。それとも、妖怪世界ではこういう働き方が普通なのだろうか……？

そんなことをぼんやり考えつつ、詞織はランチボックスを取り出し、自家製の弁当をもそもそと食べた。これまで勤めていた館では、休憩中でも電話対応はしなければいけなかったのだが、ここはそもそも電話が繋がっていないので、その点では気が楽だ。持参した文庫本を読んだり、スマホで猫動画を漁ったりしているうちにやがて休憩時間が終わりに近づいたので、詞織は事務室の自分の机にバッグを戻し、カウンターへ帰った。

「館長代理さん、お先に休憩いただきました。どうぞ」

「ああ、ありがとう」

詞織の声にカイルが振り返る。何か引き継ぎがあるかと尋ねると、カイルは立ち上がって開架コーナーを見やった。

「払方さんは本を一冊借りて帰って、今は誰も来ていない」

「分かりました。他には何か？」

「特に……ああ、そうだ。くれぐれも僕が休んでいる間は休憩室を覗かないでほしい」

「えっ？」

「では、よろしく」

きょとんと瞬いた詞織を残し、カイルがバックヤードへと消える。その後ろ姿を見送りながら、詞織は思わず首を傾げていた。

部屋を覗くな？　いや、別に覗くつもりもないし、ある意味妖怪らしい指示だとも思うけれど、なぜわざわざそんなことを……？　妖怪の世界のマナーだろうか？

軽く首を捻った後、椅子を引いて腰を下ろし、改めて開架室を見回してみる。無人なので静かなものだ。それから詞織は、カウンター内のどこに何が置いてあるのかを確かめたり、いろはにほへと順に並んだ目録カードを眺めたりしていたが、ふと、エプロンのポケットにメモ帳が入っていないことに気が付いた。

休憩後、事務室にバッグを戻した時に置いてきてしまったらしい。仕事用の覚書を書き付けるためのものなので手元にないと意味がないし、あれには職員証も入っている。取ってくるなら利用者のいない今のうちだ。詞織は念のため「ただいま席を外しております。御用の方はお声がけください」のプレートをカウンターの上に出し、事務室へと向かった。

速足で廊下を歩いて事務室へ入り、バッグの上に置いてあったメモ帳をエプロンのポケットへ入れる。そのまままっすぐカウンターへ戻るつもりだったが、休憩室の前を通りかかった時、ふと、先ほどのカイルの言葉が思い起こされた。

――くれぐれも僕が休んでいる間は休憩室を覗かないでほしい。

「鶴の恩返し」ではないけれど、あんなことを言われると逆に気になってしまう。頑丈そうな木戸には隙間も窓もないので中の様子は何も見えないが、音くらいは聞こえるかもしれない。詞織は息をひそめたまま休憩室に近づき、頑丈な木戸に耳を近づけてみた。

と、中から、ぴちゃり、という音が聞こえた。

……え？　何の音？

思わず漏れそうになった困惑の声を詞織は慌てて飲み込んだ。木戸の向こうからは、ぴちゃぴちゃと液体を叩くような音が繰り返し響いている。館長代理さんは中で何をやってるの……？　詞織は自分に問いかけてみたが、筋の通る答は何一つ浮かばず、困惑は徐々に不安に変わる。

さすがと言うかやはりと言うか、妖怪専用の図書館では怪しいことが起こるもののようだ。とりあえず気を許さないようにしないと、と自分で自分に言い聞かせ、詞織は忍び足でカウンターへと戻った。

やがて振り子時計が二時を告げ、休憩を終えたカイルがカウンターへ帰ってくる。

「お疲れ様。何か変わったことは？」

「い、いえ何も。今のところ、誰も来られてないですし」

「そうか」

そう言って肩をすくめるカイルの顔は平然としており、何かを隠しているそぶりはまるでない。休憩室で何をしていたんだろうと訝りながら、そして、そしてその疑問を顔に出さないよう苦心しながら、詞織は隣に座ったカイルに問いかけた。

「あの……普段、カウンターで何をされてるんですか？」

「返却の時に提供してもらった資料を記録して棚に並べたり、書棚を整理したりしているけれど……」

「じゃあ、わたしも」

「いや、それは僕ができるから。とりあえず詞織さんはカウンターにいてくれればいいし、暇なら本を読んでいてくれてもいい」

「それはさすがに申し訳ないですよ……」

カイルの提案を、詞織は首をきっぱり横に振って断った。図書館の仕事をよく知らない知人や親戚に「司書って暇そうでいいよね」だの「カウンターで本読んでりゃいいんだろう？」だのと言われたことは何度もあるし、その都度否定してきたが、まさかほんとにそんな働き方ができる図書館があるとは思わなかった。

……そして、その後も本姫図書館の時間はゆっくりと流れた。

全く利用者が来なかったわけではないが、全てカイルが対応してくれるので、詞織が暇なのは変わりはなかった。あまりに手持ち無沙汰で申し訳ないので、貸し出しや返却の手順を再確認したり、利用者の新規登録の方法を聞いて自分用の貸出券を作ったりしているうちに、やがて閉館時間の五時になった。

二人で館内に誰も残っていないことを確認し、「閉館中」の札を玄関の扉に掛ける。

「僕は施錠してから帰るので、先に出てくれ」とカイルに言われ、詞織はバッグを手にして玄関から出た。

「では、ええと……お疲れ様でした」

「ああ、お疲れ様」

「実際はそんな疲れていないんですけどね……。明日もよろしくお願いします」

「こちらこそ。まだ暗いので気を付けて」

「はい。館長代理さんもお気を付けて」

カイルに頭を下げ、詞織は本姫図書館に背を向けて歩き出した。昨夜同様、前庭を抜けるとそこはもう、外苑東通りに面した路地だった。

東の空はうっすらと白みつつあるものの、あたりはまだまだ暗い。この時間に出歩くのは新鮮だな、と詞織は空を見上げて思った。夜明けの近づく街の中を地下鉄の駅に向かって歩いていると、ふいに詞織の足元を一匹の猫が走り抜けた。

きつね色の毛並みに精悍な体つき、ふさふさとした立派な尾。通勤中にも見かけたあの猫である。

「にゃー」

つい声を掛けてみれば、猫が足を止めて振り返った。詞織のことを覚えているのかいないのか、首を軽く傾げるきつね色の猫を詞織は見返し、スカートを押さえてかがみこんだ。よしよし、と頭を撫でてやると、猫は気持ちよさそうに目を細めた。

「仕事してきたよー。忙しくはなかったけど、なんだか気疲れしちゃってね……」

通じるはずがないとは分かっていながら、詞織は猫に語りかけ、ひとしきり撫で回してから立ち上がった。

「ありがとう。ちょっとすっきりしたかも。じゃあね」

ひらひらと手を振ってやれば、猫は「にゃっ」と短く鳴き、暗い歩道を走り去った。

勝手が分からない上に気の休まらない職場、しかも昼夜逆転生活。この先色々大変そうではあるけれど、あの猫にまた会えるのなら、それはそれで嬉しいかも。

太い尻尾が自動販売機の裏に消えるのを見送りながら、詞織はそんなことを思い、駅に向かって歩き出した。

＊＊＊

「……でね、館長代理さんは悪い人じゃないんだけど、相変わらず手持ち無沙汰なんだよね……」

初出勤から一週間後の夜。本姫図書館に通じる路上で、詞織はくたびれた声で語っていた。聞き手はきつね色のあの猫だ。

ふさふさとした尾が目立つこの猫は、通勤中に必ず詞織の近くを通りすがる上、おとなしく触らせてくれるので、撫でながら話す……と言うより、愚痴るのが、詞織の日課になっていた。

「今日もこれから仕事だけど……思ってたのと違う気苦労ばっかりで、こんな風に疲れるの初めてで……。もう君だけが癒しなんだよねー、よしよし」

細い首筋を優しく撫でながら語りかけると、猫はなんだか申し訳なさそうに首を曲げ、にゃふ、と溜息のような声を漏らした。

そして、その日の午前一時過ぎ、カイルが休憩に行って少し経った頃のこと。

詞織が一人でカウンターに座っていると、白髪の女性が一人、玄関から入ってきた。外観年齢は六十歳少し過ぎ、深緑色のカーディガンに焦げ茶色のスカートという服装で、銀縁の丸眼鏡を掛けている。知的で落ち着いた佇まいの老女は、カウンターに座る詞織を見て、あら、と眼鏡の奥の目を丸くした。

「初めてお見かけする方ね。こんばんは」

「こんばんは。先日からここに勤めています末花と言います」

「これはご丁寧に。私は高田(たかだ)マツと申します。高田町にあった松の木の精霊だから、高田マツ。分かりやすいでしょう?」

高田と名乗った老女が穏やかに微笑む。確かに、と釣り込まれてうなずいた後、詞織は聞き慣れない地名に首を傾げた。

「すみません、『高田町』と言うのは……」

「昔、そういう地名があったのよ。高田馬場は分かるわよね」

「早稲田の隣の……」

「正解。あの『高田馬場』の『高田』は、高田町から来ているの。昔はあのあたりは山だったのだけれど、山の木が全て伐採された後、残った松が青白い光を放ったので、神木『光り松』として信仰を集めたという話があるのね」

「へえ、そうなんですね……。その松の木が？」

「ええ。私です。本体の松の木は延享年間、つまり十八世紀の半ばに枯れてしまったけど、こうして実体を得てしまえば本体がなくても存在は保てるでしょう？　だから今ではこうして自由の身なの」

詞織を見返した高田が穏やかに語る。「存在は保てるでしょう？」と言われてもそんな話は初耳だったが、とりあえず、人を襲う感じの妖怪でないと知って詞織は安心した。信仰を集めた木なら、先日の蜘蛛のようにいきなり襲い掛かってくることはないだろう。

「ご返却ですか？」

「いえ、実は資料を探していて……。大正時代の山陰地方の選挙運動についての記録で、以前もここで借りたのだけれど、タイトルも作者もはっきり覚えていないのよ。控えたものを紛失してしまって」

高田がおっとりと困ったように微笑んだ。詞織は、えらく専門的な本を読むのだなと驚き、そして困った。ここが以前の勤務先ならパソコンでキーワード検索すればある程度絞り込むことはできたし、毎日本を返却していたのでどこに何があるかも大体覚えていた。しかしこの本姫図書館では、唯一の検索手段であるアナログな目録カードは書名と著者名の頭文字でしか引けないし、勤め始めたばかりなので蔵書についての知識もまるでない。

「申し訳ないのですが、もう少し詳しい情報はいただけませんでしょうか……？　どのあたりの本棚にあった、とか」

「ごめんなさい。前に借りた時は、カイル君に頼んで持ってきてもらったのよ。彼なら知っていると思うのだけれど、カイル君は休憩中？」

「はい」

高田の言葉にうなずき、詞織は壁の時計を見た。カイルの休憩が終わるまでは、まだ四十分近くある。高田は「なら待たせていただくわ」と言ってくれたが、詞織は「いいえ」と反論していた。

「少しお待ちください。館長代理に聞いてまいりますので」

頭を下げて高田に告げ、詞織はバックヤードの廊下へ向かった。高田は待つと言ってくれているが、せっかくの利用者、しかも貴重な常連らしい人に、無駄な時間を過ごさせるのはしのびない。それに、カイルが外出中ならまだしも、彼は館内にいるのだから、呼んできて聞けばいいだけの話だ。「部屋を覗くな」と言われたことは無論忘れてはいないけれど……。

「無断で入らなかったらいいってことだよね……？」

抑えた声で自問しながら、詞織は休憩室前で足を止めた。短く息を吸って背筋を伸ばし、拳の甲で重たい木戸をノックする。

「館長代理さん？　休憩中すみません。ちょっとお尋ねしたいんですが」

声を張って呼びかけたが、返事はなかった。そっと耳を近づけてみても、あのぴちゃぴちゃという音どころか、物音は何も聞こえてこない。

もしかしてどこかへ出てしまったのだろうか？　不安に駆られた詞織は木戸の取っ手に指を掛け、そろそろと引き開けながら再度呼びかけた。

「館長代理さん？　いないんですか？　本を探しに来られた方が――あれ？」

そっと戸を引き開けた直後、詞織は目を丸くした。

六畳敷きの和室のどこにも、カイルの姿は見当たらなかったのだ。しかも、座椅子の上には、見覚えのある猫が一匹、丸まって寝息を立てていた。

きつね色の毛並みに、ふさふさモフモフした立派な尻尾。通勤中にいつも撫でさせてくれて、詞織の愚痴を聞いてくれる、あの猫である。

「え……？」

「ニャッ？」

詞織が入ってきたことに気付いたのだろう、目を覚ました猫が慌てて跳び起きた。

だが、びっくりしたのは詞織も同じだ。

「どこから入ったの？ 窓は閉まってるのに……。隠世だからそういうこともあるのかな？ ほら、いいからおいで」

戸惑っているのか警戒しているのか、こちらを見上げたまま固まった猫に詞織は手を伸ばし、抱きかかえて立ち上がった。逃げないようにしっかり抱いたまま、詞織は再度休憩室を見回したが、やはりカイルはどこにもいない。

「どこ行っちゃったんだろうね、館長代理さん？ って、君に聞いても分からないか。よしよし、おとなしくしててね」

カイルの行方は気になったが、利用者をあまり待たせるわけにはいかないし、猫も外に出さなければいけない。仕方なく詞織は猫を抱いたままカウンターへ戻り、待っていた高田に頭を下げた。

「すみません、お待たせしました。申し訳ないのですが、館長代理は今、席を外しておりまして……」

「えっ？」

猫を抱えたままの詞織の弁解を、高田の戸惑いの声が断ち切った。え、何が「えっ」なんです？　猫を抱いて出てきたこと？　そう思われるのはごもっともですが、これには理由がありまして――と、詞織は説明しようとしたが、それより先に高田は詞織の胸元を指さした。

「だって、カイル君はここにいるじゃない」

「はい？　ここに？　ええと、それはその……どういう意味です……？」

「どういう意味も何も、そのままの意味よ。ねえ、カイル君？」

高田が眼鏡越しの視線を猫へと向けて呼びかける。と、きつね色の猫は観念したように大きな溜息を吐き――「諦める猫」というものを詞織はこの時初めて見た――詞織の手を振りほどいて床へ飛び降りると、眼鏡の若者へと変わった。

身長百七十センチ。色白で細身で髪は長く、半袖シャツに紺碧のエプロンを重ね、胸元には「本姫図書館　館長代理」の名札。牛込山伏町カイルの姿となったきつね色の猫は……もしくは、きつね色の猫に化けていた牛込山伏町カイルは、目を見開いて絶句する詞織から赤い顔を逸らし、高田に向き直って上ずった声を発した。

「……それで、何をお探しでしょうか」

高田が探している資料のことを聞き、カイルは「それならしっかり覚えています」と誇らしげにうなずいた。カイルが本棚からその本を持ってくると、高田は丁寧に感謝を告げ、貸出手続きを済ませて帰っていった。カウンターの中から玄関のドアが閉まるのを見届けながらカイルが言う。

「あの人は早稲田にある大学の政治史の先生なんだ。研究者としてだけでなく、教育者としても優秀な方で、教え子には官僚や政治家になった人も多いと聞いている」

「だからあんな専門的な資料を借りていかれたんですね。……で、館長代理さん」

一旦納得して相槌を打った後、詞織はカイルに横目を向けた。

休憩室から連れてこられて以来ずっとカイルの顔は赤いままだが、死ぬほど気まずいのは詞織も同じであった。

「どう聞けばいいのか分かりませんが……え、ええと……あの子は——毎日、仕事の行き帰りに、わたしの話し相手になってくれていたあの猫は……その……?」

「……ああ。僕だ。あれが僕の本性——本当の姿だ」

途中で言葉に迷った詞織の後を受け、カイルが首を小さく縦に振る。やっぱり、と詞織がつぶやいた。そのことはさっき猫がカイルに変わった時点でもう分かっていたし、休憩室にカイルがいなくて猫がいた時点で気付くべきだったのだが、それでもやはり本人の口から明言されるとショックが大きく、詞織は言葉を失った。固まる詞織を横目で見やり、カイルは抑えた声で言い足した。

「本姫様がこの館を僕に任されたのも、僕が猫だからなんだ。猫はそもそも経典や書物を食い荒らす鼠を捕るために大陸から連れてこられた動物だから、本の管理は得意だろう、と……。もっとも、正確に言うと、僕は純粋な猫ではないのだけれど。詞織さんは『耳嚢（みみぶくろ）』を知っているだろうか」

「みみぶくろ、ですか？　『新』が付いているのなら知っていますけど……。実話怪談の短編集のシリーズの」

「『耳嚢』はそれのモデルになった本だ。江戸の市内で語られた話を集めた随筆集で、不思議な出来事についても多く記録されているんだが、その中に口を利く猫の話がある。寛政（かんせい）七年、即ち一七九五年の春、新宿の牛込山伏町のとある寺院で飼われていた猫が、鳩を逃がして『残念なり』とつぶやいた、という話だ」

「牛込山伏町って、館長代理さんの苗字ですよね」

「ああ。猫が思わず言葉を発したところを、その寺の和尚が見ていた。和尚は『言葉を話す動物は人をたぶらかす』と猫を殺そうとするのだが、猫は『動物は十年生きていたら人語を話すし、十四、五年経てば不思議な力を得るものだよ』と反論する。和尚が『そんなことを言っても、お前はまだ十年も生きていないじゃないか』とさらに言い返すと、猫は『狐と交わって生まれた猫は十年経たなくても話せるんだ』と語り、そのまま姿を消してしまったのだという……」

「へえ」

気の抜けたような声で相槌を打ち、コメントしづらい話だなと詞織は思った。自分を殺そうとした和尚を淡々と諭す猫という構図はおかしいが、起承転結も何もなく、だから何なんだという気もする。

「つまり、その猫が——狐と猫とのハーフの猫が、館長代理さんなんですね」

「いや、それは僕の母だ」

「お母さま？」

「ああ。ちなみに父は普通の化け猫だ」

「『普通の化け猫』って概念は初めて聞きましたが……ということは、館長代理さんは、その……クォーターなんですか？」

「そうだ。狐の血が四分の一流れている」

「なるほど。道理で……」

猫だった時のカイルの姿を思い起こし、詞織はしみじみ納得した。きつね色の毛並みや、モフモフした立派な尻尾は、狐の血筋によるものだったわけだ。

「でも、本性の時の館長代理さんって、かなり若い感じでしたよね……？　化け猫ってもっとこう、歳を取ってると言うか威厳のあるものかと」

「そのイメージも分かるが、実際、僕は妖怪としてはそう古くはないから」

「お幾つなんです？」

「……二十二歳だ」

「若あっ！」

思わず大きな声が出た。詞織は「すみません」ととっさに謝り、改めて目の前の若者をまじまじと見た。そんなに若いのであれば、猫の時に若々しく見えるのも、人間の姿の時に教育実習生くらいに見えるのだって当然だ。当然ではあるけれど……。目を見開いたまま、詞織はおずおず問いかける。

「で、でも、お母さまは江戸時代の方なんですよね？」

「高齢出産ということか？　一度化けてしまえば寿命はほぼ永遠だから、年齢はあまり関係ない。以前、何百年も生きているんだろうと聞かれた時は、ついとっさに取り繕って見栄を張ってしまった。申し訳ない」

「い、いえ、お気遣いなく……。勝手に決めつけたこっちも悪いわけですし……。それにしても、思ってたより全然お若いんですね」

「猫基準ではかなり長生きしている方だが」

「それはそうかもしれませんけど……まさかわたしより年下だったなんて。と言うか、猫って二十年くらいで化けられちゃうものなんですか？」

「普通の猫の場合、変化する力を得るには何十年も掛かる。だが、化け猫から生まれた猫は生まれながらの妖怪なんだ」

「新宿の妖怪は人の姿になって、人に交じって生きているって言ってましたよね。どうして館長代理さんは猫の姿に？」

「本性の姿の方が街中では移動しやすいんだ。大きな蜘蛛とかならともかく、猫はどこにいても怪しまれないし、人間よりも足が速いし体も軽い」

「なるほど……。この際、気になっていたことを全部聞いちゃいますけど、休憩室を覗くなって言ったのは」

「気を抜くと猫の姿になってしまうから……それを見られたくなかった」

「ぴちゃぴちゃ言ってたのは」

「……猫の姿で水を飲んでいた」

腕を組んだカイルが、前を見たまま、つまり詞織と目線を合わせないまま、口早に質問に答えていく。死ぬほど恥ずかしくて気まずいのだろうが、それはわたしもですからね？　詞織は心の中で告げ、短く息を吸って口を開いた。いよいよ本題だ。

「……それで、館長代理さん」

「な、何だろうか……？」

「どうして言ってくれなかったんです……？」

「すまない！」

詞織が抑えた声で問いかけると、カイルはまずきっぱりと謝った。

「最初は、隠すつもりも騙すつもりもなかったんだ。だが、猫としてあれだけ色々愚痴を聞いてしまうと、とても言い出せなくて……。それに、詞織さんは、猫の姿の僕だけが癒しとも言っていたろう」

「……い、言いましたね、確かに。だから黙ってたんですか……？」

「ああ。仕事の負担は上司である僕の責任だ。猫の姿の僕が撫でられることで詞織さんのストレスが減るのであれば、それでいいと思っていた」

か細い声で答えた後、カイルは「撫でてもらうのは気持ち良かったし……」と言い足した。それを聞くなり、元々赤かった詞織の顔がいっそう赤くなった。

自分は毎日、この端正な青年に猫撫で声で話しかけ、彼の顎や額や首や背中を撫で回していた。

直視したくない事実が改めて突き付けられ、詞織の呼吸を数秒止める。でもほら、とりあえず下腹部に触らなくて良かったし……とかなんとか無理矢理自分を慰めていると、ふいにカイルが大きな溜息を吐き、詞織に向き直った。

全部白状して少しは気が晴れたのだろう。顔は上気したままだが、その表情はどことなくすっきりしているようにも見えた。

「この際、正直に言ってくれ。僕は一体どうすればいい？　直すべきところがあったら――いや、毎日あれだけ愚痴るほどストレスになってしまっているのだから、あるのは分かっているんだが、それが何なのか自分では分からないんだ。だから教えてほしい」

「それは……え、ええと、別に、仕事が忙しいとかじゃないんです。むしろその逆なんですが……でも、館長代理さん、仕事中、何回もわたしの方をちらちら見られるじゃないですか？　あれが気になるんです。仕事があるなら言ってほしいのに、何もないって言われるし、ずっとそわそわしているようにも見えますし……。もしかしてわたし、知らない間に何か迷惑掛けてしまっているんですか？」

「迷惑……？　いや、そんなことはない。断じてない」

不安げな詞織の問いかけを受け、カイルがきっぱり首を横に振った。その迷いのない即答に、詞織はまずほっと安堵し、同時に新たな疑問を覚えた。自分が至らなかったわけではないようで、それは良かったのだけれど……。

「でも、だったら、どうして――」

「もっと教えてほしいんだ」

詞織の問いに被せるように、カイルが再度断言する。「教えてほしい」？　予想外の答に戸惑う詞織を、見た目も実際の年齢も若い館長代理はしっかり見返し、念を押すようにうなずいた。

「最初の日、詞織さんは、三桁の数字で本を分類する方法について教えてくれたろう。ああいう話を僕はもっと聞きたいんだ。そもそも司書を募集したのは、忙しかったからじゃない。初日にも話したが、経験者の意見を聞いて、この本姫図書館を改善したかったからだ。駄目元ではあったけれど、そこに詞織さんが——大学で司書課程を修め、実際に公立図書館での勤務経験もある、最高の人材が来てくれた……！」

「いや、だからわたしそんな大したものじゃありませんし……と言うか、そんな理由でわたしをちらちら見てたんですか？　もっと図書館のこと教えてくれないかなーって思いながら……？　だったら、そう言ってくださったら良かったのに……」

「しかし、館長代理は指示をするものなのだろう」

「……はい？」

「詞織さんが初日にそう言ったんじゃないか。お前はここの責任者なんだから、指示を出してくれないと困る、管理職ってそういうものだ——と。経験者にそう言われてしまった以上、じゃあそう振る舞うべきなのか、軽々しく意見を求めたりすべきではないのかと僕は思って……だから……」

ごにょごにょと語尾を濁しつつ、視線を泳がせるカイルである。

今度は詞織が溜息を吐く番だった。そんなことだったのかと拍子抜けしながら、同時に、目の前の化け猫の青年の純朴さにほっこりと温かい気持ちになりながら、はあ、と大きく息を吐き、詞織はカイルをまっすぐ見た。

「分かりました。そういうことなら、何でも聞いてください。わたしが知ってることなら答えますから」

「ほ――本当か！」

「ちょっと館長代理さん近いです！」

「す、すまない。つい興奮してしまって」

申し訳なさそうに頭を掻くカイルを見て、詞織は思わず微笑んでいた。

油断ならない妖怪だと思っていたはずの相手だが、本性を知り、本音を聞き、しかも年下と分かってしまった今となっては、詞織の中から警戒心は消えていた。

「どんどん頼ってくださいね？　と言っても、わたしずっと下っ端でしたから、図書館の運営のことなんかは全然教えられませんけど……あ、そうだ」

＊＊＊

　翌日の夜、例によって人気の少ない本姫図書館のカウンターで、カイルは熱心に手元の本を見つめていた。タイトルは「公共図書館運営概論」。詞織が大学で司書課程の講義を受けていた時のテキストだ。詞織が自宅で発掘し、カイルに譲ったその本に、カイルはふむふむとうなずきながら目を通していく。

「なるほど……。図書館の基本的な機能は貸出・収集・保存であり、その他レファレンスと市民サービスなどが……あの、詞織さん。何度も申し訳ないが、この『レファレンス』と『市民サービス』というのは？」

「レファレンスは相談業務ですね。利用者さんからの質問に、資料を使って答えることです。市民サービスは、絵本の読み聞かせ会とか映画会とか講習会みたいなイベントとか」

　寄贈された本の目録カードを作っていた詞織が答えると、カイルは「なるほど」とうなずき、再びテキストへと戻っていく。その熱心さは隣で見ている詞織が微笑ましくなるほどで、実際、詞織は微笑んでいた。

　喜んでもらえているのはありがたいし、あのそわそわした気まずさは消えたので、居心地もずいぶんよくなった。ただ、何度も何度も質問されるのは……。

「……これはこれでちょっと疲れるかも」

　思わずぼそりと独り言が漏れる。と、それを聞きつけたカイルは、ページを繰る手を止めて顔を上げ、心配そうに詞織を見た。

「撫でるか？」

「結構です！」

「もし必要であれば本性に戻るが……？」

「ですから言いましたよね？　確かにわたしは猫が好きですし、あの子……と言うか、館長代理さんは綺麗な子だなあと思ってましたけど、知り合いで上司で同僚って分かっている相手を撫で回すのは、さすがに抵抗があるので……」

だから、お気持ちだけで充分です。

そうきっぱり言い足すと、カイルはどこか寂しそうな顔で納得し、読書を再開した。

その端正な横顔を横目で見つつ、いつか本当に疲れ切った時は撫でさせてもらおう、と詞織は思ったのだった。

　寛政七年の春、牛込山臥町の、何とか言へる寺院、秘蔵して猫を飼ひけるが、庭に下りし鳩の、快よく遊ぶを覗(ねら)ひける様子故、和尚声を懸け、鳩を追ひ逃しけるに、右猫、残念なりと物言ひしを、和尚大きに驚き（中略）汝を殺さんと憤りければ、彼の猫申けるは、猫の物を言ふ事、我等に不限(かぎらず)、拾年余も生き候得ば、都(すべ)てものは申ものにて、夫(それ)より拾四五年も過ぎ候得ば、神変を得候事なり（中略）狐と交りて生れし猫は、その年功なくとも、物言ふ事なりとぞ、答へけるゆゑ、然らば今日物言ひしを、外(ほか)に聞ける者なし、我暫くも飼置きたるうへは、何か苦しからん、これまでの通り可罷在(まかりあるべし)と、和尚申ければ、和尚へ対し三拝をなして出行きしが、その後いづちへ行きし見えざりしと、彼の最寄に住める人の語り侍る。

（「耳嚢　巻四」より）

第三話　「お借りの本は返却期限を過ぎています」

SHINJUKU MONONOKELIBRARY INFORMATION

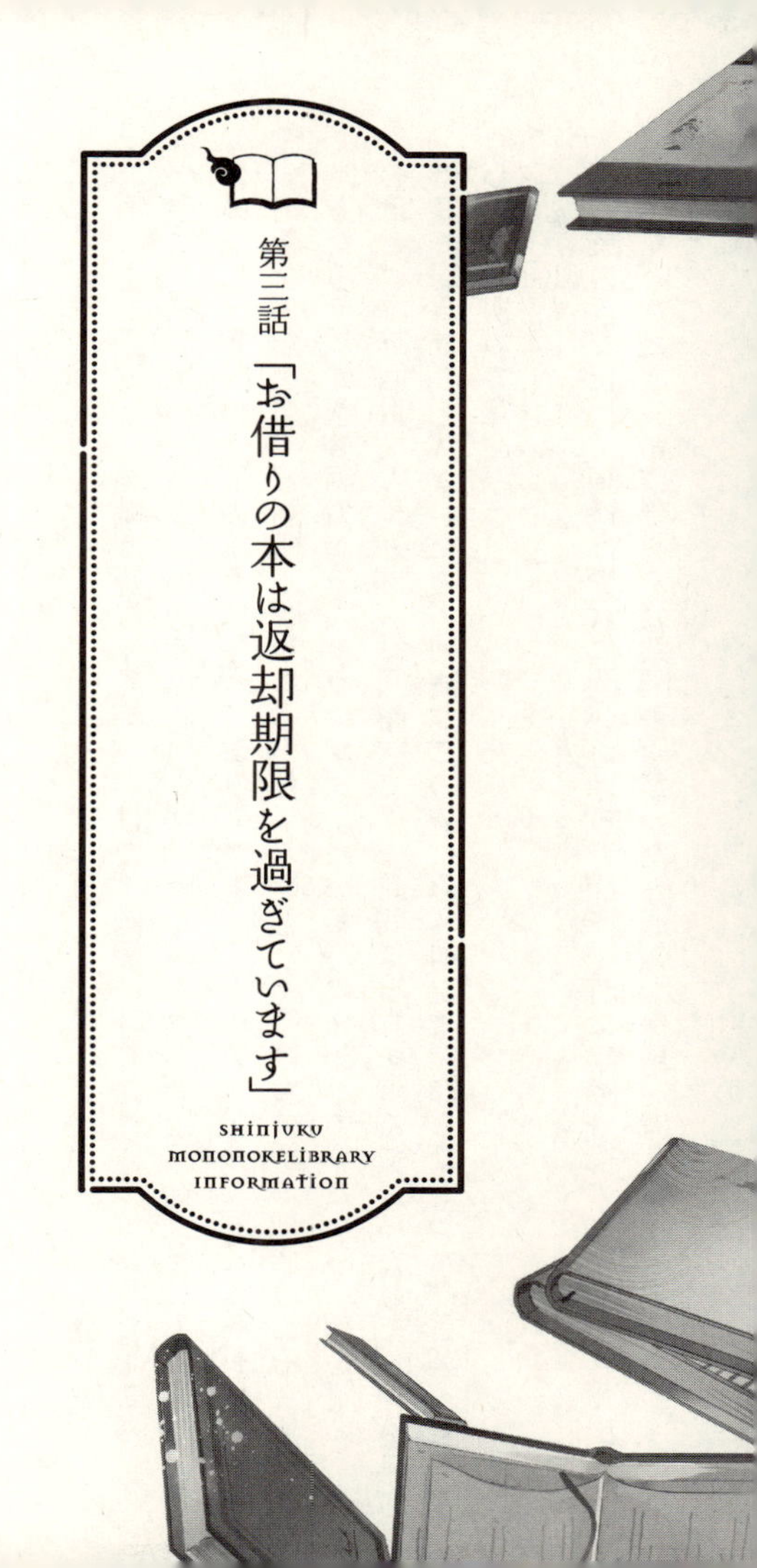

本姫図書館に詞織が勤めるようになって半月余り、そろそろ仕事に慣れてきた木曜日の午前一時過ぎ。休憩に入ったカイルに代わり、詞織が書架に設置するためのジャンル名表記プレートをカウンターで作っていると、ふと、遠慮がちな声が投げかけられた。

「あの……お姉さん……」

「あら、こんばんは」

声の主を見返し、詞織は優しく微笑みかけた。詞織に呼びかけたのは、見たところ小学二、三年生くらいの、小柄で色白の少女だった。シックで上品なワンピース姿で、目鼻立ちは陶製の人形のように整っており、ストレートの髪は腰まで届くほど長い。綺麗な子だなあ、と詞織は改めて思った。どことなく儚げなので、種族はおそらく幽霊だろう。先週も詞織が一人でカウンターにいる時に来館していたから、顔を見るのはこれで三回目。もっとも、毎回館内で小一時間ほど本を読んで帰るだけで、何も借りて帰ったことがないため、詞織はこの少女の名前をまだ知らなかった。言葉を交わすのも初めてだ。

「どうしたの？」

作業の手を止め、詞織は少女に問いかける。深夜一時に年齢一桁の女児が一人で出歩いているとなると、普通の公共図書館だったら通報か保護を考えるべき事態だが、何せここは妖怪のための施設なので人間の一般常識は通じない。微笑みを浮かべながら返事を待っていると、少女は不安げな視線で詞織を見上げ、手にしていた大判の絵本を掲げて消え入りそうな声を発した。

「あの、これ……この本」

「ああ、『ねずみとオリーブ』。お姉さんも知ってるよ。綺麗で可愛いお話だよね」

引っ込み思案で気が小さい子みたいだな、と理解しながら、詞織は相槌を打った。

本姫図書館の蔵書は全体的に古いため、司書経験者とは言ってもせいぜい四半世紀しか生きていない詞織にしてみれば、聞いたことのない本が圧倒的に多い。だが、絵本という、半世紀以上前の本がいまだに現役でベストセラーになり続けているジャンルについては、例外的に詞織の知識が通じるのだ。しかも少女の差し出したのは児童書界では定番の人気シリーズである。「トマトを探しに行くお話もいいよね」とシリーズ一作目に言及すると、少女は意外そうに目を丸くした。

「お姉さんも……読んだの……?」

「わたしが生まれる前からあった本だもの。わたしも好きだったなあ」

小学校に入る前か入ったばかりの頃、両親に連れられて行った地元の図書館で読んだ思い出が詞織の脳裏に蘇る。正確に言うと、読んでいた頃の記憶があるわけではなく、高校時代に小説を求めて図書館に通い始めるようになった後、ふと児童書コーナーで見かけて記憶が蘇ったのである。

自分が成長する間も、ずっとこの本はここにあって、誰かに読まれ続けていた。その事実に無性に感動したことを思い出しながら、詞織は少女に問いかけた。

「その絵本がどうしたの？」

「うん……。ええと、これ……続きはないの……？」

カウンターの上に絵本の最終ページを広げ、少女は裏表紙の折り返し部分を指さした。「シリーズはつばいちゅう」と記された下に、シリーズ各巻の表紙が六点並んでいる。少女の持っているのは三作目なので、その後にまだ三冊あるということになる。

「続きが読みたいのね。棚にはなかったのかな」

「うん……」

「ちょっと待ってて。調べてみるね」

少女にそう告げ、詞織はカウンターを出た。この館の蔵書構成は利用者からの寄贈に百パーセント依存しているため、シリーズものの本がきちんと揃っている可能性は低い。だが引き出しの目録カードで調べてみると、四作目の「ねずみとラディッシュ」までは所蔵されていた。

「あれ、あるんだ？　ってことは……。ごめん、もうちょっと待っててね」

再度少女に断ってカウンターに戻り、今度は「貸出中」のカードを探す。検索できれば一瞬なのに……と思いつつ、カードの束を繰ること数分間。案の定、目当ての本のブックカードが見つかった。貸出日は昨年の夏。相当延滞しているようだ。呆れる気持ちを顔に出さないように気を付けながら、詞織は少女を見下ろした。

「ごめんなさい。続きはもう一冊あるんだけど、誰かが借りてるみたい」

「そうなんだ……」

「どうする？　予約する？」

「よやく？」

「うん。この本が返ってきたらわたしが一番最初に読みたいです、って図書館と約束することを予約って言うの」

「そんなことできるの？」

しょんぼりと落ち込んでいた少女の目がぐっと大きく見開かれる。素直な反応を微笑ましく思いながら詞織がうなずくと、少女は「する」ときっぱり言った。

「予約、する……！」

「はい、承りました。ではこちらのカードに記入を――って。あ」

「ど、どうしたの、お姉さん……？」

「そう言えばこの館に来てから、予約カードって見たことないな……」

「よやく……できないの……？」

「え？　あーっ、大丈夫大丈夫！　そんな泣きそうな顔にならなくていいからね？　お姉さんがメモしておくから……。ええと、お名前は」

「……まつり」

「まつりちゃん、ね。苗字は？」

「まつりはまつりだよ……？」

「うーん……。それだけだとちょっと……。あと、連絡先は分からないかな？　電話番号とかメールアドレスとか」

詞織はペンを片手に問いかけたが、まつりと名乗った少女は不安な顔で首を傾げるばかりだ。どうやら本当に分からないらしい。もしかしたら本当に苗字や連絡先がないのかもしれないが、だったらそんな相手にどう連絡を取ればいい……？　困った詞織が「どうしようかな」と漏らすと、まつりが不安そうに口を開いた。

「あ、あの、わたし……また、本を読みに来るから……もし、本が返ってきてたら、その時に……。それじゃ、駄目……？」

黒目がちな大きな瞳に弱気な色を湛えながら、まつりが詞織を見上げて首を傾げる。一般的な公共図書館の場合、予約資料の取り置き期間は「連絡してから二週間」のように明確に定められており、「また本を読みに来るからその時に声を掛けてくれ」といったアバウトな申し出は受けないのが一般的だ。

だがしかし、と詞織は考えた。この館はそもそも一般的な公共図書館ではない。職員は二人しかいないので情報共有も簡単だし、何より、常連になるかもしれない利用者の要望なのだから、できる限り応えていくのが当然だろう。詞織はまつりに向かってうなずいた。

「分かった。返ってきたらカウンターで取っておくね」

「ほんとに？　ありがとう……！」

「どういたしまして。館長代理さんにも言っておくからね」

「かんちょうだいりさん……？」

「そっか、まつりちゃんは見たことないかな。この図書館の偉い人。もうすぐ来ると思うよ」

「そうなんだ……。でもわたし、もう、帰らなきゃいけないから……。じゃあね、お姉さん……」

手にしていた絵本を元あった場所へとしっかり戻した後、まつりは「ばいばい」と手を振って立ち去った。笑顔で手を振り返しながら、詞織は久々に図書館員らしい応対をしたな、と思った。

休憩を終えてカウンターに戻ってきたカイルは、詞織の説明を聞いて「なるほど」

と静かにうなずいた。

「そのまつりちゃんという子を僕は知らないが、話は分かった。予約制度についても導入したいと思っていたところだし、丁度いい」

そう言ってカイルは、今カウンターに置いたばかりの「公共図書館運営概論」に視線を落とした。詞織が先日カイルに譲ったこのテキストは、日を追うごとに付箋が増え、今やハリネズミのようになっている。カイルの熱心さに改めて感心し、詞織は椅子ごとカイルに向き直った。

「ありがとうございます。で、『ねずみとラディッシュ』をまつりちゃんに貸してあげるには、まず、延滞中の方から返してもらわないといけないわけですよね」

「ああ。延滞しているのは誰だった？」

「さっき調べたのでここにカードが……えーと、内藤(ないとう)ビゴンドさんという方です」

「ねずみとラディッシュ」のブックカードを取り出した詞織が、そのカードを挟んでいる貸出券に記された名前を読み上げる。と、それを聞くなり、カイルは死ぬほど面倒くさそうな顔になった。眉をひそめて肩を落としたカイルの口から「あの人か」と溜息交じりの小声が漏れる。

「そう言えば貸出手続きをした覚えがある……。しかし、あの人か」

「ご存じなんですか？　どういう方です？」

「僕と同じ化け猫だ。と言っても、彼の方がはるかに年上だけれど」

「えっ！　猫さんなんですか」

「嬉しそうだな」

「す、すみません……。わたし、猫が好きなものでつい……」

「……そのことはよく知っている」

居心地の悪そうな顔になったカイルがすっと詞織から視線を逸らした。正体がばれる前、さんざん撫で回された記憶が蘇って恥ずかしくなったようだが、それは詞織も同様だった。この青年をさんざん撫で回してしまったことが思い出され、かあっと顔が熱くなる。数秒間の気まずい沈黙の後、カイルが仕切り直すように声を発した。

「ともあれ、だ。今の問題は『ねずみとラディッシュ』に予約が入ったこと」

「そ、そうですよね……？　それで？」

「延滞しているのが個人的に苦手な人物だからと言って、彼の借りている資料を求める利用者がいる以上、放置しておくのは図書館としては問題だ。そもそも督促は本姫図書館の伝統でもあるわけだから」

「そっか。伝説だと、本を返さない人の家には毎晩本姫様が来るんでしたっけ」

「そうだ。なので、明日直接督促に行こうと思う」

「了解です――って、明日？　直接？　督促に……？」

釣り込まれて同意した後、詞織は訝しげにカイルが口にした言葉を繰り返していた。

確かに伝説を踏まえるとそうなるかもしれないが、通信手段の発達していなかった江戸時代ならともかく、今は二十一世紀である。メールでも電話でも催促する手段はあるわけで、わざわざ出向く必要はないのでは？　そう詞織が反論すると、カイルはきょとんを目を瞬き、ああ、と得心した。

「詞織さんは知らないのも無理はないか。僕はスマホを持っているが、連絡手段を持たない妖怪は結構多いんだ。さらに言えば、特定の住まいを持たない人も案外多く、内藤ビゴンドさんもその一人だ」

「え。そうなんですか？　言われてみれば、この館の利用申請書って、住所の欄も連絡先の欄もありませんでしたね……。催促したかったら直接声を掛けに行くしかない、と。内藤さんの居場所は分かっているんですか？」

「大体見当は付いている」

「でも明日って開館日ですよ」

「臨時休館すればいい。不定期休館であることは玄関に掲げているし、実際、本姫様が運営されていた頃もそうだった」

「はー……。そういうものなんですか」

「ああ。それに」

そこで一旦言葉を区切り、カイルはカウンターの上の「公共図書館運営概論」に目を向けた。

「テキストにも書いてあった。図書館では、予約が入った資料については可及的速やかに確保し、それを求める利用者に提供しなければならないのだろう？」

自分で自分に言い聞かせるように、よく通る声でカイルが語る。

……いや、それはあくまで理念であって、図書館の実情とは違うんですけどね。わたしの経験上、督促する人手は常に足りていないし、延滞する人は多い上、返さない人はほんとに返さないので……。

詞織はそんなことを思ったが、口に出すのはやめておいた。カイルの言っていることは正しいし、その通りに運営できれば一番いいのだから、水を差すような真似はしたくない。詞織はしみじみと笑顔でうなずき、年若い館長代理を改めて見つめた。

「館長代理さん、原理原則を大事にされる方ですよね」

「そうだろうか？　そんな自覚はないけれど……」

「そうですよ。毎日きっちり八時間勤務、休憩時間も保障されてて、週休二日でいつでも有休が取れる職場なんて、わたし、ここが初めてです」

「何？　いやしかし、僕が調べた限りでは、それが人を雇う時のルールだと書いてあったので、従ったまでなのだけれど……。駄目なのだろうか？」

「駄目じゃないです。むしろ助かってます。で、明日なんですけど……館にどっちか一人残っちゃいけませんか？　それなら開館もできるかと」

「一理あるが、実を言うと僕一人では心もとないんだ。できれば詞織さんにも一緒に来てほしい」

恥ずかしそうな顔を詞織に向け、カイルが小声で持ちかける。意外で素直な提案に詞織は目を瞬いたが、すぐに再び微笑を浮かべた。カイルにとっては苦手な相手らしいけれど、絵本を借りる化け猫には個人的には興味もある。詞織は不安な顔のカイルを見返し、いいですよ、とあっさりうなずいた。

＊＊＊

あっさりうなずくんじゃなかった。

その翌日、午後十一時。詞織は昨夜安請け合いした自分を責めながら、東新宿は歌舞伎町の喧騒の中を、カイルとともに歩いていた。

林立するビルの壁には、けばけばしい原色の看板が派手さを競い合うように無数にぎらつき、四方からは客引きの声に交じって言い争う声が聞こえてくる。

「んだとコラー！」

路地裏からガラの悪い怒鳴り声が響いた。自分に向けられたものではないと知りながらも、詞織の体がびくっと震える。隣を歩いていたカイルが足を止め、眼鏡越しに心配そうな視線を詞織へと向けた。

「どうした、詞織さん」

「すみません……。ちょっとびっくりしてしまって……こういう賑やかなところって、わたしあんまり来ないので」

「気持ちは分かる。僕もこの街はどうも慣れない」

いつも通り、半袖シャツにスラックス姿のカイルが肩をすくめ、「だから詞織さんに一緒に来てもらったんだ」と小声で続ける。そのコメントはやや頼りなくはあったけれど、カイルが自分と同じ感想を抱いていることに詞織はほっと安堵し、隣を歩く横顔を見上げた。どんな相手でも瞬時に金縛りにできるような不思議な力を持っているのに……とも思ったが、誰にだって苦手なものや雰囲気はある、ということなのだろう。

お互いに警戒心が強まっているせいか、カイルとの距離は普段よりかなり近く、肩が触れ合いそうだ。そのことを改めて自覚するとちょっと恥ずかしくなったものの、何かと言って離れるのは怖いし、カイルは特に意識している様子もないので、詞織は照れを堪えて口を開いた。

「化け猫の、内藤さんでしたっけ。このあたりにいらっしゃるんですよね。その人、どういう猫なんです……？」

「一言でいえば遊び人だ。歌舞伎町界隈を飲み歩く女好きで酒好きの化け猫と言えば、新宿の妖怪たちの間ではよくも悪くも——主に『悪くも』の方で——有名なんだ。そもそも彼の内藤という名は『内藤新宿』に由来する。内藤の地名は、今では新宿御苑あたりに残っているが、かつての内藤新宿は宿場町。旅籠が多く、そして遊女も多かった。詞織さんは、そ、その……ゆっ、遊女は分かるだろうか」

「分かりますのでそんなに動揺しないでください。こっちも恥ずかしくなります」

「す、すまない……。時は天保十年、西暦で言うと一八三九年の話だ。内藤新宿のとある遊女屋に一人の客がやってきて、芸者を大勢呼んで派手に飲み食いをして大いに遊んだ。だが、宴が終わって男が一人になった頃、遊女がふと部屋を覗いたところ、大きな猫ががつがつと御馳走の残りを食っていた。驚いた遊女が店の者を集めて追い回すと、猫は窓から逃げ去ったという」

「それが、内藤ビゴンドさん？」

「ああ。お酒と女性が何より好き、特技は食い逃げと踏み倒しという化け猫だ」

「なるほど……」

ドライな声で語るカイルの隣で、詞織はしみじみと相槌を打った。そういう化け猫もいるわけか。江戸時代から無銭飲食をやっているくらいなのだから、そりゃあ本の一冊や二冊は延滞するだろう。

「でも、その内藤さん、どうして絵本を借りたんでしょう。お子さんがいらっしゃるんですか？」

「いや、そんな話は聞いたことがない。彼はずっと独り者のはずだ」

「じゃあ、案外絵本がお好きだったり――ひゃっ！」

何とはなしに顔を上げ、詞織はハッと息を吞んだ。

道を挟んだ高層ビルの上に、巨大で恐ろしい顔が見えたのだ。爬虫類じみたごつごつした表皮に、爛々と輝く二つの目。牙の生えた口を大きく開き、爪の生えた手でビルの屋上の縁を掴んでいる。まさか妖怪？　詞織は思わずカイルの後ろに隠れたが、その直後、ビルの上にあるのが映画でおなじみの巨大怪獣の模型と気付き、赤面した。

「詞織さん？　急にどうした？」

「す、すみません……。あれが急に見えたので、妖怪かと思ってしまって……」

困惑するカイルの前で、詞織はぼそぼそと弁解した。東新宿の映画館の入ったビルの上に、あの怪獣の原寸大の模型が設置されたという記事は、そう言えば読んだ覚えがある。「お騒がせしてすみません」と謝ると、カイルは真面目な顔でうなずき、ビルの屋上の怪獣をどこか嬉しそうに眺めた。

「ああ、あれは確かに驚くものな」

「ずいぶん親しそうに言うんですね。怪獣映画、お好きなんですか？」

「ああ。怪獣は妖怪と似たようなものだから、どこか親しみを感じる」

視線を上げたままカイルが語る。似たようなものなんだろうかと詞織が眉根を寄せていると、カイルはあたりを見回し、げんなりと肩をすくめた。

「しかし、やはりここは疲れるな……。匂いがきついし音もうるさい。猫的にはつらい場所だ」

「化け猫も大変なんですね……」

「しかも僕の場合、狐の血が四分の一入っているだろう。おかげで並の化け猫より鼻が利くから、その分つらい。いっそ猫の姿になってしまった方が楽なのだけれど」

「やめてください！　夜の歌舞伎町で猫を連れ歩く女って、絶対目立つじゃないですか……！」

そして、それからさらに夜の歌舞伎町をうろうろ進むこと十数分。カイルが訪ねたのは、細い路地に面したキャバクラ「アビシニアン☆エナジー」だった。キャバクラの定義は知らないが、店の看板にそう書いてあるのだからそうなのだろうと詞織は思った。

カイルが言うには、ここは内藤の行きつけの店であり、夜は大体ここにいるらしい。カイルが店先で客引きをしていた若い男に「人を探しているんですが」と伝えると、程なくして、派手なジャケットの大柄な男が店の中から現れた。年齢不詳の大柄な男は、カイルの隣とも後ろともつかない位置に立つ詞織を見るなり薄い眉の下の目を細め、野太い声で問いかけた。

「何？　面接？　悪いけど、紹介してくれる業者経由でしか雇わねえんだよ、うち」

「えっ？」

「それにあんた地味だしなあ。地顔は悪かねえが、もうちょっと可愛くしねえと客は付かねえよ。トシもそこそこ行ってそう」

「ち、違います！　そういう用事じゃありません……！」

「そうです。先ほどの方にも伝えましたが、僕らは人を探しているだけです。それに詞織さんは充分お綺麗だと僕は思います」

「はいっ？」

　割り込んできたカイルの唐突なフォローに詞織の声が裏返った。彼に悪気はないのだろうけれど、いきなりそういうことを言われるとリアクションに大いに困る。派手なジャケットの男は「何しに来たんだお前ら」と訝しんだが、カイルが内藤の名前と人となりを話すと、ああ、とすぐにうなずいた。

「あの賑やかでクソダサいアロハだろ。確かにうちの常連だったよ」

「クソダサいアロハ……？」

「彼はそういう服装を好むんだ。常連だったと言われましたが、今は違うのですか？」

「あいつ、うちのホステスに入れあげてたな。見てる方が恥ずかしくなるくらい入れ込んでたけど、ここ三か月全然見てねえぞ。ツケは全部払ってくれたからこっちとしては問題ねえがな。あいつ、兄ちゃんらの知り合いか？」

「知り合いと言いますか……そちらに伝わるように言うなら、ツケを踏み倒されているような状況なんです。彼が入れ込んでいたというホステスさんに話を聞くことはできませんか？」

「そりゃ無理だな。二月前に辞めた」

ジャケットの男があっさり告げる。手がかりを失ったカイルが困惑していると、男は「ちょっと待ってろ」と言い放って店に入り、サングラスを手にして現れた。真ん丸のレンズを金で縁取った悪趣味なそのサングラスを、男は無造作にカイルに差し出した。

「これ、あのうるさいアロハの忘れもんだ。探すなら渡しておいてくれ」

「ですが、彼を探す手がかりが……」

「ここに置いとくよりは届く可能性高いだろうが。……あいつ、クソうるさかったけど、悪い客じゃなかったからな。金払いは良かったし、店でも好かれてた。会えたらよろしく伝えといてくれ」

そう言うと、男はあっさり店の中に戻ってしまった。キャバクラの軒先に取り残されたカイルと詞織は、カイルの持つ趣味の悪いサングラスを見ながら立ち尽くし、困った顔を見合わせた。

「館長代理さん、どうします……？　今の方、嘘を吐いたりかばったりしてる感じじゃなかったですけど、他に内藤さんのいそうなお店の当ては」

「残念ながら……ん？　待てよ」

そう言うなり、カイルは手にしたサングラスを自分の顔の前に持ち上げた。形良く尖った鼻がぴくぴくと動き、眼鏡の奥の瞳がほんの一瞬だけ猫のそれへと変形する。

驚く詞織が見つめる先で、カイルは短く息を呑んだ。

「この匂いには覚えがある。さっき通りで嗅いだばかりだ」

＊＊＊

カイルがサングラスの匂いを辿って行き着いたのは、歌舞伎町の裏通りのさらに裏、陰気で人気のない九階建て雑居ビルの最上階にある、やっているのかどうかも怪しいバーだった。割れた上に色あせて店名も読めない看板と、汚れとくすみで奥が見えないガラス戸を前に、詞織は顔を曇らせた。

「ここに内藤さんがいるんですか？　と言うか……ここに入るんですか……？」

「そのために来たんだから当然だ。このサングラスも返さねばならないし」

律儀な口調でそう言うと、カイルはドアの取っ手に手を掛け、押し開けた。カイルが中に入ってしまったので、仕方なく詞織も続く。

店内は外観以上に古く陰気で、切れかかった蛍光灯がカウンター席しかないフロアを照らしている。その細長い部屋の奥、非常口の手前の席で、アロハシャツ姿の男が一人、瓶ビールを手に冷凍らしきピザを頬張っていた。

「やってねえよ。店主は捕まっちまったから、現在絶賛無期限休業中だ」

カイルと詞織に気付いた男が、妙に甲高い声とともにしっしっと手を振った。外観年齢は三十代半ばか後半くらい。中肉中背の体格にアロハを羽織り、茶色に染めた髪は短く、金や銀の安物のアクセサリーをじゃらじゃらと着けている。オレンジ色の生地に微妙に可愛くない招き猫がうじゃうじゃとプリントされたシャツを見て、なるほどダサいアロハの人だな、と詞織は思った。つまり、この人が……？　目を細める詞織の隣で、カイルが男を見据えて言う。

「僕らは客ではありません、内藤ビゴンドさん」

「——何？　おいまさか！」

　名前を呼ばれた瞬間、内藤は大仰に目を見開き、椅子から派手に転がり落ちた。ビールとピザがひっくり返り、汚れた床にぶちまけられる。慌てて身を起こした内藤は、身を低くして構えたが、すぐにカイルの顔に気付いたようで、きょとんと目を丸くして立ち上がった。

「何だ。誰かと思えば牛込山伏町の坊主じゃねえか。驚かすんじゃねえよ」

「お久しぶりです、ビゴンドさん」

「はいはい、久しぶり久しぶり。で、女の子連れで何の用だ？　あれか？　彼女ができたもんで連れ込む先を探してたのか？　だったらちゃんとした連れ込み宿に行け」

「違います。僕は決して詞織さんとはそういう関係ではありません。ですね」

「え？　それ、わたしにわざわざ確認します……？　まあ、そうですけど……と言うか、それより本題！　何しに来たのか言わないと」

「ああ、そうか。——では改めて、内藤ビゴンドさん。ここに来たのは、あなたに用事があったからです」

「……何だと？　てめえ、もしかして——」

「はい。本姫図書館の館長代理としてお伝えします。あなたのお借りの本は返却期限たします」
を過ぎています。次にお待ちの方がいらっしゃいますので、速やかに返却をお願いい
再び身構える内藤を前にカイルが毅然と告げる。
そして、うらぶれたバーに緊張感のある沈黙が満ちること、数秒間。ふいに内藤は
心底呆れた顔になり「そっちかーい!」と大声で叫んだ。
「図書館の催促かよ！　借金取りかと思って肝がギンギンに冷えたぞこの野郎！　っ
てことはあれか？　そっちの嬢ちゃんも図書館仲間か？」
「は、はい……。四月から勤務しています末花詞織と申します」
「はいはい、こちらこそお見知りおきを。ったく、何だよもう、びっくりさせやがっ
て。用はそれだけ？」
「あと、これもお渡ししておきます。あなたのサングラスですね？　行きつけだった
お店で預かってきました」
「え？　お、おお……。ありがとな」
カイルが差し出したサングラスを、内藤は拍子抜けした顔で受け取り、慣れた手つ
きで装着した。いっそう胡散臭い外見になった内藤に向かって、カイルがさらに問い
かける。
「それで、本のことですが……『ねずみとラディッシュ』という絵本を去年借りてい

ますね？」

「え？　あー、そう言えばそんなの借りてたな。もうねえよ、悪いけど」

「ないって――」

「紛失されたんですか？　それとも破損か汚損……？」

絶句するカイルに代わって詞織が問いかける。と、内藤は詞織を見返し、頭を掻いて苦笑した。

「やー、そういうわけじゃないけどさ。ないものはないんだよね。だから返せない。諦めてくれ。坊主も分かったな？」

「分かるわけないでしょう。借りたものは返すのが当然で」

「頭の固いガキだなあ。そうなるべきところがそうならないのが浮世の常ってやつでしょうが。――つうか。お前ら今、俺の名前呼んだよな？　フルネームで、何回も……！」

思い出したように内藤の顔が真っ青になる。その出し抜けな問いかけに、詞織はカイルと顔を見合わせた。確かにフルネームで呼んだけれど、それが一体何なんです？

だがその理由を詞織が問おうとするより早く、抑えた声が二人の後方から投げかけられた。

「――見つけたぞ、内藤ビゴンド」

カイルと詞織の後ろから響く、トーンの低い女性の声。二人が思わず振り返ると、いつからそこにいたのか、店の入り口のドアの前に、黒いイブニングドレスの女性が一人、内藤を見据えて立っていた。

身長はカイルと同じくらい、年齢はおそらく二十代後半。きらきらと滑らかな黒のドレスは、露出が多く体にぴったりしたデザインで、足元は真紅のハイヒール。長い前髪を二つに分け、気の強そうな顔を見せている。唐突に現れた黒い女は、カイルと詞織に見向きもしないまま、店の一番奥に陣取る内藤をじっと睨んだ。畜生、と内藤が吐き捨てる。

「今度はさすがに図書館の催促ってんじゃなさそうだな……」

「分かってぃよう。『おばば』の使いだ。お前の名前を聞いて参上した。さあ、利息込みで八百万、耳を揃えて返してもらう」

「冗談きついぜ。そんな金があったらこんなとこに隠れてると思うかい？」

カイルと詞織を間に挟んだまま、内藤が女に言い返す。いきなり蚊帳の外になってしまった本姫図書館の二人は、邪魔にならないよう壁際に寄った。カイルが内藤に怪訝な顔で問いかける。

「あの……どういう状況なんです、これ？　八百万って一体」

「見りゃ分かるだろ。質の悪い金貸しから逃げてたんだよ、俺は。俺があんまり捕まらないもんで、金貸しは東新宿一帯にちょっとした仕掛けを施しやがった」

「仕掛けと言うと……」

「街のどこかで『内藤ビゴンド』って名前が呼ばれたら、それが即座にあちらさんの耳に入り、現場に手下を送り込めるって寸法だ」

思わず尋ねた詞織を、内藤がうんざりした顔で見返す。そんな魔法みたいなことができるのか。さすが妖怪の世界は常識が違うと詞織は驚いたが、カイルにとっても内藤の答は意外なものだったようで、眼鏡の奥の目が丸くなった。

「街全体を対象にした永続的な呪術？　そんなことをできる人が……？」

「何せ妖怪の大物だからな」

「そうなんですね……。あれ？　でも、ここに来る前にも内藤さんのお名前は出しましたけど……。ですよね、館長代理さん」

「ああ」

「じゃあその時もこの姉ちゃんみたいなのがドロンと出てたんだろうよ。そこには俺がいなかったから気付かれないうちに退散したが、今度は当たりを引かれちまったってわけだ。やってくれたな、坊主」

「えっ？　いやしかし、まさかそんな仕掛けがあるとは思いませんでしたし……と言うか、その仕掛けの存在を知ってて、なぜまだ東新宿にいるんです」

「歌舞伎町ができる前からここらで飲み歩いてたんだぞ、こっちは。今更離れられるかっての。連中の裏をかいたつもりでもあったんだけど……」

「――諦めろ。年貢の納め時だ、内藤ビゴンド」

青ざめた内藤を睨んだまま、黒ドレスの女が不敵に告げる。

「お前は『おばば』のところに連れて行く。言っておくが歯向かっても無駄だ」

そう言うなり黒ドレスの女は四つん這いになった。と、その体が霧のようなものに包まれ、クロヒョウを思わせる真っ黒な猛獣へと姿が変わる。ガアッ、と牙をむいて唸る獣に威圧され、詞織はカイルの手を引いて店の奥、内藤のいる側へと逃げた。じりじりと距離を詰める黒ドレスの女だったものを前に、内藤が大仰に驚いてみせる。

「ワーオ。さすが『おばば』、ろくでもないのを飼ってらっしゃる……。こりゃ俺なんかじゃとても勝ち目がなさそうだ。無駄な抵抗はよしますよ」

「ほう、いい心がけだ」

「とでも言うと思ったら大間違いだ馬鹿野郎！」

そう言うなり内藤はカウンターの陰へ手を伸ばし、そこにあったレバーを思い切り引いた。がこん、と大きな音が床下から響き、次の瞬間、黒い獣の足元の床パネルが外れて落ちた。

「え？　あっ、ああああああああ――」

底の見えない深い穴に黒い獣が叫びながら落下していく。内藤がガッツポーズを決めて叫んだ。

「一階まで突き抜けてる落とし穴だ！　ざまあみろ！」

「うわー……」

「わざわざこんな罠を作っていたんですか……？」

抜けた床を恐る恐る覗き込む詞織の隣で、カイルが面食らった顔を内藤へと向けた。

内藤が首を横に振る。

「俺が作ったんじゃねえよ。このビルはそもそも、敵の襲撃に備えすぎておかしくなっちまったヤクザの持ち物で、こういうトラップがそこらじゅうにある。それを知ってたからこそ、ここに隠れてたわけですよ。とは言っても、見つかっちまったからにはのんびりしてられねえ。あいつはすぐ追ってくる」

「この高さから落としたのに？　九階ですよ？　あの女の人、大丈夫かな……」

「馬鹿言うな嬢ちゃん。『おばば』のところの借金取りがあんなもんで死ぬかよ。こういう時は三十六計逃げるに如かずだ。じゃあな、お二人さん！」

そう言って手を振ると、内藤は店の奥の「非常階段」と書かれたドアを開けて外へと消えた。待ってください、とカイルが叫び、詞織に振り返って告げる。

「追いかけよう、詞織さん！」

「はい！　……って、え？　お、追うんですか？　わたしたちはかかわらない方がいいような……。詳しい事情は存じませんけど明らかにお取込み中ですし、図書館の本どころの騒ぎじゃなくなってるような」

「それは向こうの都合だろう。ここで彼を逃がすわけにはいかない。次に待っている利用者がいる以上、本は必ず返してもらわないと」

「な、なるほど……」

使命感に満ち満ちた表情と声で断言され、詞織は、説得が難しいことを瞬時に悟った。「なら館長代理さん一人でどうぞ」と言いたい気持ちもなくはなかったが、深夜の歌舞伎町を一人で帰るのも怖いし、それに——そう。

自分だって図書館員だ。読みたがっている利用者に本を届けるのが仕事だ。予約できると知った時のまつりの顔を思い出しながら、詞織はカイルを見上げ、開き直ったようにうなずいた。

「分かりました、行きましょう」

幸いと言うべきか、内藤が非常階段に山のように放置された荷物に難渋していたため、二人は簡単に追いつくことができた。カイルたちを見た内藤はぎょっと驚いたものの、今は立ち止まって口論している場合ではないと判断したのだろう、露骨にうんざりした顔になったが足を止めようとはしなかった。

「言いたいことは色々あるが、今は逃げるのが最優先だ。邪魔すんじゃねえぞ」

「邪魔はしません。本を返してもらいさえすれば」

「しつっこいねえ、お前さんも……。だから本は返せねえんだっての。つうか坊主との話は後だ、後。早いとこずらからねえとあれが追ってくる」

「先ほどの黒い服の女性ですか？　彼女は一体何なんです」

「坊主も話くらいは聞いたことあるだろ」

　錆の浮いた非常階段を、ゴミを避けて下りながら内藤がカイルの問いに答える。

「時は寛政十一年、ところは四ツ谷大番町。今でいう大京町のあたりだな。ある夜、身分の低い武士が見知らぬ美人と出くわした。そいつは夜な夜な武士のところに通うようになるんだが」

「もしかして、話を聞いた武士の主が怪しく思って、という話ですか？」

「それだよ。詳しいねお前さんは。ある夜、主人がこっそり家来の屋敷を見張っていると、寝室で寝ていた武士が急にうなされ始めた。さてはと思った主人が刀を抜いて切り込んでみたら、女の姿はどこにもなく、猫ほどの大きさの黒い何かが軒下へと逃げて行ったとか……。とまあ、それがさっきの美人さんの謂れだ」

　そう言って内藤は踊り場に山積みになったポリバケツを押しのけた。えらくシンプルな話だな、と詞織は思った。妖怪譚の多くはあっさりしたもので、立派な来歴や物語を持つ妖怪の方が少ないくらい、とカイルが前に言っていたが、女の正体すら分からないままというのは「あっさり」とかそういう問題ではない。

「つまり、あの女性は何なんです？　猫ほどの黒い獣ということは、猫なんですか？だったら館長代理さんや内藤さんのお仲間なのでは……」

「甘いなあ嬢ちゃん。同族だからって容赦してもらえるほど、この世界は甘くはねえし、そもそもあの女に正体なんかねえよ。なあ坊主」

「ですね。彼女はあくまで、黒い猫のような獣と女性の姿を使い分けられる妖怪であって、それ以上でもそれ以下でもない」

「そういうものなんですか……？」

「そういうもんだよ。納得いかないかもだけど――」

先頭を進んでいた内藤の言葉が不意に途切れた。三階の踊り場で立ち止まった内藤は、口元に人差し指を立てて後続の二人を黙らせ、無言で階下を指さした。雑居ビルの間の細い路地を、黒いドレスの女があたりを見回しながら足早に歩いていく。まさか探す相手が自分の頭上の非常階段にいるとは思っていないのだろう、視線を上げる気配はない。女を見下ろした内藤がにたっと笑う。

「階段で手間取ってて正解だったな。やっこさん、まさかまだ俺らがこんなところにいるとは思ってねえみたいだ」

「ですね。では、彼女が行ってしまってから逆方向に逃げましょう。隠れる当てはありますか？」

「俺を誰だと思ってる、内藤ビ」

「しーっ！　フルネームで名前を言っちゃ駄目です……！」

慌てて人差し指を立てた詞織が内藤を睨む。「また気付かれちゃいますよ」と言い足すと、内藤はサングラスの奥の目をきょとんと丸くした後、ああ、とうなずいた。

「そうだったそうだった。すまねえな嬢ちゃん。ともかくあれだ、この俺を甘く見るんじゃないですよってことが言いたいわけだよ。いつからこの界隈に住んでると思ってるんだ。……つうか、お前らまだついてくるつもりなのか？」

「え？　いや、わたしは正直そんな乗り気でもないんですけど……」

「本を返してもらうまでは付きまといます。仕事ですから」

訝る内藤に向かって胸を張るカイル。内藤は大きな溜息を落とすと、カイルの隣に所在なげに立つ詞織に、「えらい上司に恵まれたな」と同情気味に目を向けた。

＊＊＊

「よし、ここまでくればさすがにもう安心だろ」

ベンチに腰掛けた詞織とカイルを前に、内藤は腕を組んで笑い、遊歩道にぺたんと座った。詞織は、ついさっき自販機で買ったばかりの缶コーヒーを手にしたまま
「だったらいいですけど」と相槌を打ち、きょろきょろと視線を四方に向けた。その物珍しそうな表情に、内藤が意外そうに目を瞬く。

「何だ。もしかして嬢ちゃん、新宿御苑は初めてか？」

「そうなのか、詞織さん？」

「ええ、実は……。前を通ったことは何度もありますけど。中はこんな風になってるんですね」

素直な感想を口にしながら、詞織は改めてあたりを見回した。

木製のベンチを取り巻くように広がっているのは鬱蒼とした森である。どの木も立派に枝を伸ばしており、歩道に設置された非常灯以外の光源がないことも相まって、まるで森林に迷い込んでしまった気になってくる。だが、北東の丘の上には新宿御苑名物のガラス張りの大温室が雄々しくそびえており、さらに北東の新宿駅方向に目を向ければ、木立の向こうに高層ビルが林立しているのがしっかり見えた。

暗くて静かで木々に囲まれた場所から、森の向こうにビル街を眺める体験はなんだかとても新鮮で、まるで文明が滅んだ後の世界みたいだな、と詞織は思った。

雑居ビルを抜けだしてから小一時間、まだまだ夜が明ける気配はない。ずっとあたりの様子を窺いながらこそこそ歩いてきたので、息は上がっていないが、神経を張り巡らせていたせいで心身ともに疲れている。糖分多めのコーヒーをゆっくり味わいつつ、詞織は内藤に問いかけた。

「今更ですが、勝手に入ってよかったんですか？　新宿御苑って確か有料ですよね」

「知るかそんなもん。こっちは元々このへんに住んでたんだぞ。公園にするだけならまだしも、勝手に柵なんか作って仕切りやがって、風情ってもんがねえよ。先住民を何だと思ってやがるんだ」

憮然とした顔で内藤が言い返す。気持ちは分からなくもないけど、だからって無断侵入していいのだろうか。詞織は不安になったが、妖怪的には特に気になることでもないようで、カイルはあっさり納得して話題を変えた。

「これで、彼女が――あの借金取りが諦めると思いますか」

「俺に聞かれても知らねえよ。あー畜生、酒が欲しい」

遊歩道に大の字になりながら内藤がぼやく。その堂々とした本音に苦笑し、詞織は隣のカイルに心持ち小声で話しかけた。

「あの、さっきから聞きたかったんですが……」

「何だろう？」

「歌舞伎町って怖いイメージはありましたけど、借金の取り立てに来た人がいきなり変身して襲い掛かってくるとは思わなかったんですよ。ああいうの、妖怪の世界ではよくあることなんですか？」

「いや、そのあたりは人間と同じだ。いきなり喧嘩腰になることは少ないし、ましてや、あんな風にいきなり本性に戻って凄むなんてことはなおさらだ。……内藤さん」

詞織との会話を中断し、カイルが内藤に呼びかける。寝ころんだままの内藤が顔だけを起こして「何だい」と応じると、カイルは真剣な顔で言葉を重ねた。

「あなたは一帯誰からお金を借りたんです？　先ほどの彼女は『おばば』と言っていましたが、もしかして」

「……東新宿一帯を縄張りに持つ金貸しの妖怪なんて他にいねえだろ」

「まさか――」

「そのまさかだよ。ご存じ、奪衣婆（だつえば）さまだ」

開き直ったように内藤が言い切る。それを聞いたカイルは「やっぱり」と声を漏らして溜息を吐いた。大げさなリアクションに詞織は驚き、同時に、その名前は読んだことがある、とも思った。

「奪衣婆って、あれですか？　あの世に通じる三途の川のほとりにいて、死んだ人の着物をはぎ取るお婆さん……」

「それなんだがそれじゃねえ」

　内藤がよく分からないことを言う。どういうことでしょう、と詞織が眉をひそめて隣を見ると、カイルは一息吐いてから口を開いた。

「東新宿に……つまり、このすぐ近くに、太宗寺というお寺がある。一口で子供を食らってしまったという閻魔大王の像で有名な寺院だが、ここには奪衣婆の像もあるんだ。恐ろしい形相の奪衣婆像は『しょうづかのばあさん』と呼ばれ、死人からも衣服をはぎ取る容赦のなさにあやかって、商売、特に金貸しの神として信仰を集めたと言われている。そして、伝承や信仰は時に形を成し、心を持つことがある」

「え？　ええと……つまり、こういうことですか？　その奪衣婆像を信仰する人たちの心が、新宿に奪衣婆を生み出しちゃったってことですか？」

「そういうこった。『金貸しの神』という性格をそれはもう色濃く備えた奪衣婆さまがお生まれになっちまったわけだ」

　詞織の問いに答えたのは内藤だった。しかも、とカイルが言葉を重ねる。

「その太宗寺の近くには正受院という寺院があるんだが、ここの仏堂にも奪衣婆像が安置されている。この像のところに奉納された布団を、家も財産もない貧しい男が寒さに耐えかねて盗んだところ、夢の中に奪衣婆が現れ『盗んだ布団は温かいか』と、返すように脅したという伝説が有名だ」

「お寺にあるということは、その像は仏像の仲間なんですよね。つまり神仏なわけですよね？　なのに、家のない人から、布団一枚を取り返すんですか……？」

仏教のことはよく知らないが、それはさすがに仏の道に反するのではないか。詞織は驚いて尋ねたが、カイルは「そういうものなんだ」と短く答え、さらに続けた。

「東新宿の二つの奪衣婆像に仮託された、強欲でがめつくて恐ろしい老婆というイメージ……。それらが混ざり合って生まれたのが、東新宿の奪衣婆、通称『おばば』。新宿の妖怪のみならず、裏家業の人間たちの間にもその名を知られる、冷酷非情な金貸しだ」

「な、なるほど……。内藤さん、何でそんな人からお金借りちゃったんです？」

カイルの言葉にうなずいた後、詞織は思わず問いかけていた。利用者のプライバシーに立ち入るのは図書館員的にはアウトなのだが、ここまで巻き込まれたからにはそれくらい聞いてもいいだろう。そんなに遊ぶお金が欲しかったのかと呆れていると、カイルが神妙な顔を内藤に向けた。

「実は、そのことは僕も気になっていました。僕の知っている限り、あなたはツケを溜め、時に踏み倒すことはあっても、借金に手を出すタイプではなかったはずです。『アビシニアン☆エナジー』の方は金払いは良かったと言っていたわけで、金策に不自由していたわけでもないはずだ。なのになぜ『おばば』に頼ったりしたんです？」

「なぜって……そりゃあお前、審査不要でまとまった金を用立ててくれるところが他になかったからだよ」

「だから何のために借りたんですか」

「図書館には関係ねえだろ」

「なら図書館員としての質問をします。本姫図書館から借りた絵本について、紛失も破損も汚損もしていないのに返せないとあなたは言った。これは一体――」

「しつこいなあもう！」

内藤のうんざりした声がカイルの詰問を断ち切った。上体を起こした内藤は、遊歩道の上にあぐらをかいてベンチの二人に向き直り、これ見よがしに溜息を吐いた後、短い茶髪をがりがりと掻いて口を開いた。

「……お二人さん、俺が行きつけだったキャバクラに行ったんだよな。俺のこと他に何か言ってたか」

「確か、三か月前まではよく来ていたが最近見ない、って。ですよね館長代理さん」

「ええ。入れ込んでいたホステスさんがいたが、その人も二か月前に辞めたとも」

「その子にやったんだよ、金も本も」

首を傾げたカイルを見返し、内藤がきっぱり言い放つ。意外な答にカイルと詞織は顔を見合わせ、同時に「どういうことです」と問おうとしたが、内藤はそれより早く言葉を重ねていた。

「あの子は、シングルマザーってやつでな。小さな娘さん抱えた身の上で、ろくでもないのに借金漬けにされててよ。話聞いてるうちに可哀想になってきて……いわゆる、ほだされたってやつだな。すっかり親身になっちまった」

「じゃあ、内藤さんが絵本を借りたのは、その方の娘さんのため？」

「ああ。絵本なら子供でも読めるだろと思って適当に借りたんだ。喜んでたぞ」

そう言って内藤は笑みを浮かべ、奪衣婆から金を借りてホステスの借金を肩代わりしてやり、自由の身になった母娘を故郷に帰したのだとしみじみと語った。

「……で、見送った後になって、そういやあの本図書館から借りてたな、持っていかれちまったな、って気付いたわけですよ」

「その方たちの故郷というのは」

「アルゼンチンだ」

「遠いですね……！」

地球の反対側の国名をけろりと告げられ、詞織は絶句した。なるほどそれは確かに、なくしても汚してもいないけど返せないわけである。一方カイルは「話は分かりました」とひとまず納得し、眉根を寄せた。

「しかし、こんなことを疑うのは失礼かもしれませんが……お店で出会った相手の言うことを信じ込んで、借金を肩代わりしてあげるというのは」

「あー、坊主の言いたいことは分かるぞ。詐欺じゃねえか、騙されてないかってんだろ？　あいにくそう簡単に化かされるような内藤ビ……俺じゃねえ。本当に困ってる子ってのは、化け猫の勘でビビビッと分かるんだ。昔からやってるんだからな」

「昔から？」

「そうよ嬢ちゃん。『化け猫女郎』ってパターンの怪談知らねえか？　遊郭の女郎が猫の姿になって暴れてどこかに逃げてった、さてはあの女は化け猫だったのだ、怖い怖い、ってやつ。江戸の頃にはちょくちょくあった事件なんだが、ありゃ俺だ」

「俺と言いますと」

「だからさ。売られてきた娘を逃がしてやって、俺が芸者に成り代わってニャーって脅かしてたわけだよ。俺のささやかな趣味だ。それによ、もし騙されてたとしても、俺も楽しいし女の子も嬉しいんだから、別に誰も困らねえだろ？　まあ妓楼の連中は頭抱えたろうが、人を売り買いするような連中は困って当然だからな」

　内藤が腕を組んでニヤついてみせる。どこか照れ臭そうで、それでいて誇らしげな笑顔を前に、詞織は勝手な思い込みで呆れていた自分を反省した。カイルも似たような思いなのだろう、むう、と唸った。

「そういう事情なら、最初から素直に言ってくれれば……」

「だってお前、絵本は地球の裏っかわだぞ？　住所も連絡先も聞いてねえし、これはもう絶対返せねえ。だったらしらばっくれるか開き直るしかねえだろ」

「え？　いや、そんなことはありません。ですよね、詞織さん」

「わたしですか？　はっ、はい……」

ここでわたしに話を振ります？　いきなりの指名に詞織は驚いたが、二人の目が自分に向いたので、姿勢を正して口を開いた。

「ええと、借りた本と全く同じものを返さなければいけないと思われているようですが、そんなことはないんです。公共図書館だと、資料を紛失したり破損したりされることは結構よくありますし……。ないにこしたことはないんですけど」

「え。そうなのかい？　そういう時はどうすりゃいいんだ」

「図書館に素直に相談してくだされぱいいんです。同じ本を購入してきてもらって弁償していただくのが一般的ですが、無理な場合は別の方法を提案します。館から代替の資料を指定して、それを買ってきていただくことで弁償に代えるとか」

「何だ。要するに同じ本買ってくりゃいいのか？　だったら最初にそう言ってくれりゃあ良かったのに！　坊主も嬢ちゃんも人が悪い」

「言うタイミングがどこにあったんですか……！」

「そうですよ」

「まあまあまあ、そう怒りなさんな。ともかく、そういうことなら話は早い。ばばあから逃げきれたら弁償するよ」

あっけらかんと内藤が笑う。少しは反省してくださいよ、と詞織は苦言を呈そうとしたが、その時、ふいにカイルが立ち上がった。

尖った鼻がぴくりと震え、薄く開いた口から抑えた声が漏れる。

「……あいつだ」

「え？　館長代理さん、あいつって」

「隠れて！　ビゴンドさんも、こっちです、早く」

戸惑う詞織と内藤をカイルが急き立て、生い茂った木立の陰に移動する。太い木の陰に二人をしゃがませたカイルは、静かに、とジェスチャーで訴え、遊歩道の方を指さした。

と、程なくして、黒いドレスの女があたりを睥睨（へいげい）しながら現れた。内藤がぎょっと目を丸くする。

「あの女……？　しかしすげえな坊主」

「狐の血のおかげで、多少は鼻が利くんです。今のところ、こちらの居場所がバレてはいないようですが……」

カイルが不安げに眉をひそめる。三人が息を呑んで見つめた先で、ドレスの女はふいに足を止め、よく通る声を張り上げた。

「いい加減にしろ内藤ビゴンド！　このあたりにいるのは分かっているぞ！　お前の匂いはもう覚えた、隠れても無駄だ！　おばばもほどなくここに来る！」

具体的な位置までは特定できないのだろう、イラついた顔で四方を見回しながらドレスの女が吠える。それを聞いた内藤は「マジか」と小声を漏らし、顔色を変えた。

「おばば本人が出てくるってことは、思ったより怒ってやがるな……。手下もぞろぞろ連れてくるだろうし、人海戦術やられれちゃ隠れようもねえ。こりゃもう諦めた方がいいかも」

「諦めるって、捕まったらどうなるんです……？」

「それを聞きたいのは俺の方だよ嬢ちゃん。まあ、返す当てなんかねえし、となると見せしめかなあ。皮をはがれるか手足か臓器を持ってかれるか……。何せ妖怪はそう簡単には死なないから、やりたい放題だ」

「そんな……！」

「あんたらは逃げな。若いのを巻き込むのは趣味じゃねえし、そもそもこれはお前さんたちには関係ねえ話だ。図書館は大使館でも警察でもねえんだから、利用者をかばう責任はないはずだろ」

絶句する詞織に向き直ってそう言うと、内藤は頭を掻き「本が弁償できないのは申し訳ないけどよ」と言い足した。カイルは仕方ないと諦めたのか、あるいは反論が思いつかないのか口をつぐんだままで、内藤は早く行けと手を振って急かす。

確かに、と詞織は考えた。内藤の言うように図書館員には利用者を守る義務はないし、これは内藤と奪衣婆の問題だ。であれば素直にカイルと立ち去るべきなのかもしれないが……。ほんの一瞬逡巡した後、詞織はカイルを見上げて口を開いた。

「……館長代理さん。助けてあげられませんか」

「詞織さん？」

「すみません。何を言い出すんだと思いますよね。わたしも上手く言葉がまとまらないんですが——でも、助けてあげたいんです。館長代理さんなら何とかできますよね？　ほら、蜘蛛のおじいさんやわたしの動きを止めたあの力があれば」

期待に満ちたまなざしをカイルに向けて詞織が語る。カイルは一瞬ハッと息を呑み、残念そうに首をゆっくり横に振った。

「……それはできない」

「どうしてです。助けるべきじゃないからですか」

「そういうことじゃない。詞織さんの気持ちは僕にも分かる。だが——君は大きな誤解をしている。僕は所詮、若くて幼い化け猫だ。この姿への変化以外の力はない」

「えっ？　でも、前は、一声で——」

「僕が力を発揮できる場所は、あくまで館内だけなんだ」

そう言うとカイルは、シャツの胸ポケットに手を伸ばし、紫色の小さなお守り袋を取り出した。白い組紐の付いたそれを詞織に示し、カイルが続ける。

「僕が肌身離さず持ち歩いている守り袋だ。この中に、本姫様から授かった館長代理委任状が入っている。委任状は、持ち主の格を底上げし、本姫図書館の管理者の資格を与えてくれるが、決して万能ではない。図書館長として他者の行動を制限するような力を使えるのは、図書館の中に限られる」

「図書館の中に……？　そ、そうなんですか……？」

「ああ。だから、一歩図書館の外に出てしまえば、僕は無力な若造に過ぎない」

すまない、と言い足すカイルに、詞織は何も言えなかった。「気持ちはありがたいがもういいよ」と内藤が苦笑し、早く逃げるよう仕草で促す。奪衣婆一行が新宿御苑に到着したのだろう、遊歩道の方からはざわざわと賑やかな足音が近づいてくる。その不穏な音を聞きながら、詞織とカイルはどちらからともなく顔を見合わせた。

＊＊＊

「おやおや。おやおやおやおやおや」

赤と金の豪奢な着物をまとった異様に大柄な老婆は、目の前に引き出されてきた二人の若者を見つめ、興味深げな声を発した。

老婆の身の丈は二メートル近く。長い髪は白というより銀色で、顔には深い皺が刻まれ、ぎょろりと大きな両目は青白い光を放っている。周囲には、いかつい黒服の取り巻きが十数人と、あの黒いドレスの女が控え、二人を――カイルと詞織を――逃げないように取り囲んでいた。

「ど、どうしましょう……？　覚悟は決めたつもりですが、やっぱり怖い……！」

「落ち着いて、詞織さん。最悪の場合でも、君だけは絶対無事に逃がす」

カイルが自分の後ろに隠れた詞織に声を掛ける。先ほどまで着ていたシャツの代わりに、猫と小判の柄のアロハを身に着けたカイルは、詞織をかばうように片手を伸ばし、深く短く息を呑んで巨大な老婆を見返した。東新宿にその名を知られた金貸しである奪衣婆は、そこでようやく眼前の若者の素性に気付いたようで、元々大きな目をさらにぎょろりと見開いた。

「何だ。牛込山伏町のガキじゃないか」

「……今は本姫図書館の館長代理です」

「そんなことは聞いちゃいないよ。おい、これはどういうことだい？　内藤ビゴンドを追い込んだんじゃなかったのかい？」

「申し訳ありません。奴の匂いを——あの、酒が染み付いた上着の匂いが動いたので、その後を追ったところ、なぜか内藤ではなくこいつらが……」

奪衣婆に横目を向けられた黒いドレスの女が慌てて頭を下げた。なるほど、と奪衣婆がうなずく。

「シャツを取り換えてあいつを逃がしたってわけだ。しかし、まさかあの飲んだくれに手を貸す馬鹿がいるとはね。で、内藤ビゴンドはどこに逃げた?」

「教えることはできません」

アロハ姿のカイルが首を横に振る。しっかり地面を踏みしめ、汗の滲む両手を握りしめながら、年若い本姫図書館館長代理は青ざめた顔で奪衣婆を睨んだ。

「あなたたちに事情があるのは承知していますが、僕たちの方にも事情があります」

「ほう」

「彼は今、本姫図書館の本を延滞しています。あなたたちに連れていかれると、本を返してもらうことができません」

「はあ? だからあいつを逃がしたって……? 何だい、その馬鹿馬鹿しい理由は。もうちょっとましな建前を考えな。あれだろう、要するに同情したんだろう?」

「いいえ、そうではなく——」

「いいからどこに逃げたかとっとと教えな!」

　奪衣婆が突如声を荒らげた。深夜の新宿御苑に響き渡る大音量の怒声に、詞織の体がびくんと震える。カイルも同様に震えたが、逃げることなくその場に踏みとどまっていた。奪衣婆が二人を見下ろし、さらに威圧する。

「最近は、あたしから借りた金を踏み倒すような度胸のある馬鹿はいなかったからね。奪衣婆に逆らうとどうなるか、それを思い出させるための見せしめとしてビゴンドは丁度いい。皮をはいで三味線にしてやろうと思ってるんだ。さあ言いな！」

「い──言いません！」

「いい加減にしな！　貸した金をどうあっても取り立てるのがこっちの仕事なんだ、プロをあんまり怒らせるんじゃないよ！　大体、あんなボンクラに同情したって一銭の得にもならないだろうに」

「同情ではありません。僕は──本姫図書館の責任者ですから……！」

「……はあ？　だからどうした」

「図書館は利用者の秘密を守ります！」

　自分より上背も横幅も迫力も上の相手を見上げ、カイルは胸を張って声を発した。その背中を見つめながら、詞織は、あ、と口を押さえた。

「図書館は利用者の秘密を守る」。戦後日本の図書館の運営指針となった「図書館の自由に関する宣言」の五項目のうちの第三項だ。図書館司書の講義では必ず出てくるフレーズであり、詞織が譲った「公共図書館運営概論」の冒頭にもしっかり記載されていたはずだ。

「そちらが仕事だプロだと言われるのなら、こっちだって同じです。利用者のプライバシーを守るというルールがある以上、内藤ビゴンドさんの行方を僕らが白状することはありません。絶対に！」

声のトーンを上げながら、カイルは叫ぶように言い切った。

そして、張り詰めたような沈黙が夜の新宿御苑に満ちること、約三十秒。詞織が不安と緊張のあまり窒息しそうになった頃、奪衣婆が肩をすくめて口を開いた。

「……仕方ないね」

「おばば？　諦めるのですか？　こいつらを痛めつければ少しは情報が」

「やめときな。この坊ちゃん嬢ちゃんは小物でも、舟町の本姫はあれでなかなか厄介な女だ。格が高いし古いくせに、ろくに人前に出てこない偏屈だが、力を見せないってのは力を溜め込んでるってことだからね。その気にさせたら相当厄介だよ、あれは……。あんなのと事を起こしたくはないね」

口を挟んだ黒いドレスの女を、しわがれた声が黙らせる。指輪だらけの節くれだった指でたるんだ顎を撫でながら、奪衣婆は呆れたようなおかしいような口調で続けた。

「それに、ビゴンドはどうしようもない馬鹿だ。どうせまた性懲りもなくこの街に帰ってくるに違いない。その時捕まえればいいだけの話だよ。……で、あんた名前は何だっけか」

「え？　僕ですか？　う、牛込山伏町カイルですが」

「そうそう、カイルだ。乳離れしたばかりのガキだと思っていたが、なかなかどうして立派になったもんだよ。子供の成長は早いねえ。そっちの娘も、見ない顔だが、よく逃げなかったもんだ」

「ど、どういたしまして……」

「ああ、どういたしまして。……ほら、帰るよ」

慌てて頭を下げた詞織にぞんざいに会釈を返し、奪衣婆は着物の袖を振った。控えていた手下たちが無言で応じ、奪衣婆たちはぞろぞろと引き揚げていく。詞織はカイルと一緒にその場に立ち尽くしていたが、奪衣婆たちの後ろ姿が見えなくなると、ようやく肩を落として溜息を吐いた。

「怖かった……」

心の底からの本音が素直に漏れる。長い長い安堵の溜息を夜の新宿御苑に響かせた後、詞織は胸を撫で下ろし、隣に目を向けた。

「お疲れ様でした、館長代理さん。かっこよかったです……って、あれ？」

賞賛の言葉を中断し、詞織は目を瞬いた。今の今まで隣に立っていたはずのカイルの姿が見当たらないのだ。

あたりを見回す詞織だったが、その足元から「にゃあ」と頼りない声が聞こえた。

思わず視線を落とすと、見覚えのあるきつね色の猫がぐったりと疲れた様子でへたりこんでいる。久々に見たカイルの本性を前にして、詞織は驚いてかがみこんだ。

「館長代理さん？　元に戻っちゃったんですか？　どうしたんです」

「すまない……。奪衣婆相手に気を張りすぎた反動だと思う。今、何時だ？」

「猫の姿のまま喋れるんですね……。えーと、午前一時を回ったところですけど……どうします？　図書館、開けますか」

「そうだな」

うなずいてカイルは歩き出そうとしたが、すぐにぺたりと座り込んでしまった。気が抜けた上に腰も抜けているらしく、もう全く歩けなくなっているようだ。詞織が首を傾げて見つめると、カイルは太い尻尾で自分の顔を隠し、気恥ずかしそうに小声を発した。

「抱えていってくれると助かるのだけれど……」

「了解しました」

笑みを浮かべた詞織がカイルに手を伸ばし、そっと抱いて立ち上がる。心底申し訳なさそうに縮こまるカイルを胸元に優しく抱きかかえ、詞織は勤務先に向かって歩き出した。

「本当にすまないな」

「いえいえ、こっちとしてもありがたいです。この姿の館長代理さん、リラックス効果がすごいので……」

「ならいいんだが……それと、もう一つ頼めるだろうか」

「何です？」

「……背中を撫でてくれると嬉しい」

「はいはい。こんな感じですか？」

「ああ……ニャー……いい……。うまいな」

「あ、ありがとうございます……。猫に褒められたの初めてなので変な気分」

「自信を持っていい。あと、顎の下も」

「割とわがままですね館長代理さん」

それっきり、内藤ビゴンドはカイルたちの前から姿を消した。だがその半月後、詞織とカイルが本姫図書館に出勤すると、玄関の取っ手に古本屋のレジ袋が下がっていた。袋の中には、内藤が延滞していた絵本と、そのシリーズの続き全てが「借りてた本とおまけだ。返却ポストくらい付けろ」という手紙とともに収められていた。

内藤新宿辰巳屋ニ而客壱人来り、芸者抔呼、色ゝ取もの致し大ニ洒落、坐敷もひけて客壱人りニ成、程なく女郎来りて坐敷を風と覗きけるに、最前の客大きなる猫に姿を変じ、種ゝの物をよねんなく喰ひ居る処、大きニ驚き大勢人を集メ、棒抔持、打殺さんと飛入しニ、れんじを破り逃出しけるとの風聞、猫とハいへども狸ニも候哉、相方の女郎ハおたけと云女也。

（「藤岡屋日記　天保十年　五月下旬、新宿猫之怪談」より）

第四話「落語会のお知らせです」

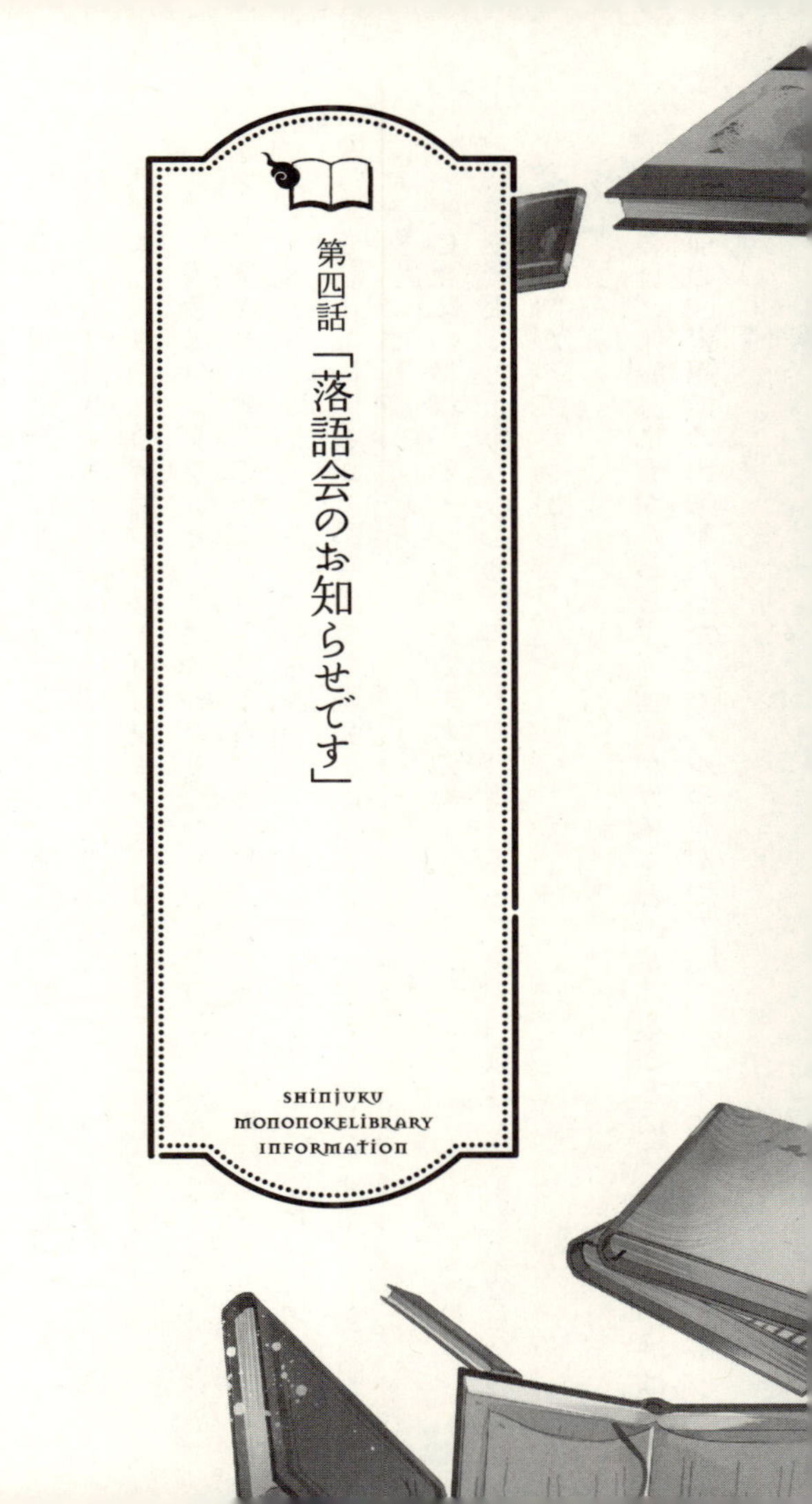

五月末のある火曜日の午前十一時すぎ、詞織は新宿駅で電車を降りた。本姫図書館の開館日は水曜から日曜の深夜なので、この日は休館日であり、詞織が今日新宿を訪れた理由も出勤のためではなかった。

明るい時間帯に新宿に来るのは久しぶりだ。通勤ラッシュの時間帯は過ぎていると は言え、乗り降りする人の数は多い。人混みに紛れながらホームの階段を下りた詞織は、ふと、改札内の店舗のガラス戸に映った自分の姿を見て足を止めた。

淡い黄色のロングワンピースにゆったりしたボレロを重ね、胸元にはリングペンダントが下がり、靴はブルーのローヒール。提げているバッグも仕事用のものとは違い、プライベートでのお気に入りである猫柄だ。印象が地味なのはいつも通りだし、そこはもう諦めてはいるが、図書館での服装と比べると「一応よそ行きですよ」と言い張れる程度には着飾っている。

変じゃないよね。……うん、大丈夫大丈夫。

やや緊張した面持ちの自分に向かって自問自答した後、詞織はカイルとの待ち合わせ場所に向かって歩き出した。

この日、休館日にもかかわらず、詞織がカイルと出かけることになったきっかけは、数日前の図書館での出来事だった。カイルの発案で玄関に「レファレンス（相談事・

「調べもの）承ります」と掲げてみた数日後、色付きの眼鏡を掛けた老人が訪ねてきたのだ。

老人は市谷のとある神社の近くに江戸時代から住んでいる狐で、知人から来た手紙が読めないのだという。「読めないということは外国語だろうか」「その手の参考資料は本姫図書館にはほとんどないのに」と詞織は焦ったが、具体的な話を聞いたところ、目が悪いので細かい字は読めないというだけのことだった。

結局、カイルが「図書館はあくまで調べものに協力する施設で、こういうサービスは本来やっていないのですが……」と断った上で手紙を音読することで事は足りた。満足した老人が帰った後、詞織はカイルに対し、本姫図書館には調べものに使える資料が足りていないことを相談した。

この図書館の蔵書は「返却時に何でもいいので一冊添える」というルールだけに頼って構成されており、そして、重たくて高価な資料をわざわざ添える酔狂な利用者はそういない。普通の図書館ならまず間違いなく揃えているような基礎的な参考資料——辞書や事典類が圧倒的に足りていないのだ。図書館を名乗り、レファレンスの看板まで掲げたのなら、何とかすべきではないだろうか。

と、そのようなことを詞織が訴えたところ、カイルは大いに納得し、「じゃあ買いに行こう」と言い出した。

新宿駅周辺に大きな書店が幾つかあるから次の休館日に見繕ってくる、でも一人で選ぶのは不安なので詞織もついてきてほしい、と若き館長代理は詞織に提案し、特に休日の予定もなかった詞織は「そんなに役に立たないと思いますよ」と謙遜しながらも承諾。かくして本日、詞織は昼間の新宿駅へやってきたのであった。

カイルとの待ち合わせ場所は、新宿駅東南口を出て屋外の階段を下りた先、アパレルやレコード店などが入った商業ビルが見下ろす位置にある小さな広場だった。軽く昼食をとった後、まず駅の東側、新宿三丁目の大型書店を物色し、その後西口の方の本屋も回ってみるという計画だ。

約束の時間は十一時半なので、まだ十五分近くある。ちょっと早く着きすぎたかなと思いつつ、詞織は改札を抜け、階段から広場を見下ろした。

と、誰かを待っていたり、休憩中だったり、立ち話中だったりする群衆の中に、見覚えのある風体の眼鏡の若者が一人、所在なげに立っていた。

薄い緑の襟付きシャツに淡いブルーのパーカーを重ね、七分丈のパンツにくるぶしソックスにスニーカー。髪型と眼鏡こそいつも通りだが、それ以外の部分が異なっているおかげで、今日のカイルは普段の新人教師か教育実習生のような雰囲気よりもなお若々しく見えた。

早く着きすぎて落ち着かないのか、それとも他に理由があるのか、カイルはそわそわと懐中時計で時間を確かめたり、ポケットから取り出したハンカチで眼鏡を拭いたりしている。

時間も場所も間違っていないのだから、どっしり構えていればいいのに。カイルの様子に微笑ましさを感じながら詞織は階段を下りようとしたが、その時、カイルは待ち人が来たことに気付いた——おそらくは嗅ぎ付けた——ようで、階上の詞織を嬉しそうに見上げ、よく通る声を高らかに発した。

「やあ、詞織さん！」

その堂々とした呼びかけに、行き交う人々の目が自分とカイルに一瞬集まる。赤面した詞織は慌てて階段を駆け下り、あたりを見回しながら小声で告げた。

「お、お待たせしました」

「こちらこそ。来てくれてありがとう。……なぜ赤くなっている？」

「恥ずかしいので、堂々と名前を呼ばれるのはちょっと」

詞織が声をひそめてぼそりと告げる。カイルはきょとんと目を丸くした後、ああ、とうなずき、恥ずかしそうに頬を掻いた。

「来てくれたことが嬉しくてつい」

「大げさな……。約束したからにはちゃんと来ますよ。それと、今日の館長代理さん、

「……その、普段と印象が違って驚きました」

恐縮するカイルを前に、詞織はぎこちなく声を発した。本姫図書館に勤めるようになって約二か月、カイルとはそこそこ打ち解けてきた自覚はあるが、オフの日に私服で会うのは初めてなので、対応が探り探りになってしまうのは仕方ない。それはカイルも同様なようで、よそ行き姿の詞織を見返して言葉に迷った後、漠然としたコメントを口にした。

「詞織さんも……よく似合っていると思う」

「そ、それはどうも……。じゃあ行きましょうか」

詞織が問いかけるとカイルはうなずき、「まず、どこかでお昼を――」と話しながら歩き出す。詞織は相槌を打ってカイルの隣に並んだが、その時、目の前の商業ビルから出てきた女性が声を発した。

「あれ？　詞織？　詞織だよね」

意外そうな声で問いかけたのは、ストレートのロングヘアの女性だった。年齢は詞織と同じくらいで、背丈は詞織より少し上。眉の通った気の強そうな顔立ちで、Tシャツに半袖のテーラードを重ね、引き締まった脚にフィットしたスリムなパンツを穿(は)いている。買い物を済ませてきたところなのだろう、化粧品ブランドのロゴの入った紙袋を提げた女性を前に、詞織は目を瞬き、久々に会った知人の名を口にした。

「梨花子？　久しぶり」

「だよねー。急に辞めさせられたって聞いたから心配してたんだよ」

「あー、心配かけちゃってごめんなさい。色々あってね……。梨花子はまだあの大学図書館に？」

「まあね。うちは継続雇用だからとりあえず安定はしてるけど、給料は上がんないし仕事は多いし大変よ。……で。こちらは彼氏さん？」

「へっ？　ち、違う違う！　この人は同僚で上司で妖か——じゃない、ええと、同僚で上司の人です。ですよね館長代理さん」

「はい。そうですが——」

背筋を伸ばしてきっぱりうなずいた後、カイルは隣の詞織に横目を向けた。「この人は？」と視線で問われた詞織が微笑で応じる。

「緒川梨花子さん。前の前の図書館に勤めていた時の同僚です」

「ご紹介に預かりました緒川梨花子です、初めまして。詞織と同じく流浪の非正規図書館司書仲間で、詞織とはたまに連絡を取ったり取らなかったりする仲です」

「これはこれは、ご丁寧にどうも。牛込山伏町カイルと申します。詞織さんの司書としての知見と経験にはいつも助けられています」

梨花子の気さくな挨拶に、カイルが慇懃無礼にお辞儀を返す。梨花子は「お若いのに館長代理だなんてすごいですね」「あと長い苗字ですねー」と驚いた後、詞織に向き直った。

「司書の知見と経験ってことは、詞織、今も図書館に勤めてるの？　どこの館？」

「言っても分からないと思うけどね。言ってみれば専門図書館だから」

「専門図書館って……ああ、研究機関とか財団とかが身内用にやってる図書館？」

「そうそう。だから公立図書館とか大学図書館とかとの連携はしてなくてね。ちょっと変わった館で、夜しか開かないの」

　別に後ろ暗い仕事をしているわけではないが、今は妖怪専門の図書館で働いていてわたしの隣にいるこの人も妖怪なのだと正直に話すと、説明が相当長くなる。今の説明で信じてくれるだろうか、と詞織は不安を覚えたが、梨花子は「専門図書館か、そういうところも面白そうだね」とあっさり納得してくれた。友人の物分かりの良さに感謝しつつ、詞織は話を変えることにした。こちらのことを掘り下げられると、カイルが余計なことを言って誤解を招きかねない。

「梨花子は何しに新宿に？」

「んー、買い物とごはん？　新しい香水を――そうそう！　さっき入ったカフェでね、ものすごいイケメンがおひとり様でランチ三人前食べてたの」

「へえ……。そ、そうなんだ」

「何その顔。詞織食いつき悪くない？」

「いや、久しぶりに会った知り合いにする話題かなと思って」

「うわっ！　と思っちゃうようなものを見たら誰かに言いたくなるじゃない。あのお店、一人分でもそこそこの量あるのに、それを線の細いシュッとした人が黙々とどんどん食べるんだよ？　胃袋どうなってるんだろうと思ってずっと見ちゃって……。ねえ牛込山伏町さん？　そんなの見たらびっくりしますよね？」

「確かに。もしかしたら妖怪に取り憑かれていたのかもしれないですね」

梨花子に話を振られたカイルが真剣な顔で切り返す。真面目そうな青年の意外な答に、梨花子は「はい？」と面食らった声を発した。

「妖怪……ですか？」

「ええ。実体のない妖怪に憑依された生物は食事の量が増えるんです。憑依状態で行動するには、取り憑いた妖怪の分と宿主の体の分、二人分の栄養が必要になるので」

「って話をこないだ読んだんですよね。ですよね館長代理さん？」

カイルの解説に詞織が慌てて割り込んだ。ハッとなったカイルが「そうなんです」と話を合わせると、怪訝な顔になりつつあった梨花子はけろりと微笑んだ。

「ファンタジーお好きなんですね。あたしも昔はよく読みました……って、あんまり引き留めちゃ悪いですよね、せっかくのお休みの日のお出かけなのに」

「いえ、お会いできて嬉しかったです」

「こちらこそ。詞織も良かった」

カイルにお礼を返し、梨花子は詞織にほっこりした笑顔を向けた。え、「良かった」って何が？　詞織が戸惑うと、その表情がおかしかったのか、梨花子は小さく噴き出し、温かい声で言い足した。

「元気そうで良かった、ってこと。詞織、気が弱いし落ち込みやすいでしょ？　だから、いきなり首切られて相当凹んでるんじゃないか、追い詰められて視野が狭くなっちゃって怪しい職場選んじゃったりしてないかって心配してたの。でも、今の詞織、去年より全然生き生きしてる」

「そ、そう……かな？」

「そうですとも。良い職場っぽくてうらやましい。牛込山伏町さんも感じ良いし」

梨花子のそのコメントに、詞織とカイルは顔を見合わせた。

まあ、妖怪界の勝手が全然分からなかったり、借金取りの妖怪に追い回されたり、色々大変な職場ではあるものの、言われてみれば確かに去年までの勤め先よりもストレスは少ない。慣れてきたというのもあるだろうが、安心して働けているのはやはり、責任者であるカイルの人柄と心配りのおかげだろう。

詞織は、隣にいる化け猫に改めて感謝するとともに、梨花子に笑みを返し、じゃあね、と手を振り合って別れた。再び歩き出しながら、詞織がカイルに語りかける。

「すみません。時間取っていただいて」

「お気遣いなく。僕も安心した」

「安心？」

「詞織さんにもちゃんと友達がいるんだなと」

「いますよそれは」

「失敬。しかし……今の彼女、僕のことを見て『彼氏』と言っていたな。そんな風に見えるのだろうか？」

「え？　まあ……上司には見えないですよね、館長代理さんは」

　真面目な顔で問いかけるカイルに苦笑で応じる詞織。それを聞いたカイルは、いっそう真剣な顔になり、少し思案した後に口を開いた。

「ありもしない誤解を招いてしまうのは詞織さんに申し訳ないし、本性に戻った方がいいだろうか」

「本性って、猫になるってことですか？」

「ああ。年の離れた男性や、あるいは女性に化けることができればいいのだが、僕はこの姿にしか化けられないから……。そしてこの姿が誤解を生むなら、もう一つの姿である猫に戻った方がいいかなと思ったんだ。どうだろう？」

「わたし的にはちょっと嬉しいですけど……でも、そのままでいいですよ。猫と話しながら本屋に行く女って絶対変ですし」

「詞織さんにだけ聞こえる声で話すことも可能だが」

「それ、なおさらわたしが不審者に見えるじゃないですか」

そんなことを話しながら二人はのんびり並んで歩いた。駅から少し離れると、老舗のデパートや百貨店が立ち並ぶ一角が現れる。女性向けの夏物の服やバッグが並んだショーウインドウを一瞥し、カイルが詞織に問いかけた。

「詞織さんもこういうところで買い物を？」

「素敵だなと思うのもありますけど、ちょっと高くて手が出ないですね」

「そうか……。申し訳ない」

「どうして急に謝るんです？」

「賃金が安いせいで詞織さんに苦労を掛けて――」

「えっ？　あ、いや、そういうことを言いたかったわけじゃないですからね？　むしろ高いのは敷居です」

目の前の横断歩道の信号が赤に変わったので詞織は足を止めた。カイルもその隣で立ち止まる。信号待ちをしている通行人の人数は道のこちらと向こうを足して三十人ほど。さすが新宿、平日でも人出が多い。そんなことを思いつつ、詞織は「お給料はしっかり払っていただいてますから」と言い足した。

「むしろ去年までより高いですし、すっごく助かってますよ。と言うか、今更の疑問なんですけど、わたしのお給料ってどこから出てるんです？　それに、今日、本を買う予算だって……」

「本姫様の財布だ。僕の給料もそこから出ている」

「その出どころは」

「さあ？」

そんなことは考えたこともないし考える必要もないいんじゃないかな、と言いたげな無邪気な顔で、カイルが詞織をきょとんと見返す。それ以上追及しても仕方なさそうだったので、詞織は自分を納得させ、手ぶらのカイルを改めて見た。

「もう一ついいですか？　今日、辞書とか事典をどっさり買うわけですよね。どうやって持って帰るつもりなんです？」

「もちろん郵送してもらう」

「郵送って、本姫図書館があるのは隠世ですよ。住所も番地もないのに」

「大丈夫。そのあたりは融通が利く。新宿は妖怪の多い街で、僕らの仲間は結構あちこちにいるから」

「そういうものなんですか……？」

「ああ。実際この近くにもそれらしい気配が――」

そこでカイルの言葉がふと途切れ、眼鏡の下の尖った鼻がぴくりと動いた。何かを感知したらしい。カイルは意外そうな顔で振り返り、詞織の斜め後ろで信号待ちをしていた通行人を見て声を発した。

「誰かと思ったら――お久しぶりです」

「へっ？　ああ、カイルか？　こりゃまた久しぶりだ」

大きな声で応じたのは、焦げ茶色の着物姿の青年だった。外観年齢は二十代半ばから後半くらい。愛嬌のある顔立ちで小太り体形、帯に扇子を差している。和装の青年は、まずカイルに「いいところで会った」とフランクな笑みを向けた後、その隣にいる詞織に気付いて目を丸くしてみせた。

「おやおや、カイルのお友達かい？　これはこれはお初にお目にかかります……でいいんだよね。会うの初めてだよね」

「え、ええ。末花詞織と言います。この四月から本姫図書館で働いていて」

「なるほど、カイルのご同僚か。ご丁寧にどうもです。俺は――って、信号が変わっちまった。挨拶の続きは道を渡ってからだよ、ほらほら」

饒舌な着物の青年が扇子を手にして二人を促す。詞織とカイルは青年と一緒に横断歩道を渡り、少し歩いた先、百貨店の石壁の前で足を止めた。では改めまして挨拶を、と和服の青年がかしこまって詞織に向き直る。

「俺は地蔵坂ジオゴ。カイルとは昔馴染みの顔馴染みで、今はケチで駆け出しの噺家でございます。今後ともごひいきに」

「噺家？　ああ、落語家さんなんですね。だから着物を？」

「そういうこった。もっともそっちはあくまで表の顔で、本性は地蔵坂の狸だよ。よろしくね」

「こちらこそ」

　お辞儀を返した後、詞織はジオゴと名乗った青年――狸をまじまじと見た。背丈はカイルと同じか少し高いくらいだが、ぽっちゃり気味な上に猫背気味なので、やたら丸っこく見える。狸と言われるとなるほど確かにそれっぽい印象の人だな、と詞織は得心した。その視線が照れ臭いのか、ジオゴが扇子で顔を隠す。

「そうまじまじ見なさんなお嬢さん。狸なんか別に珍しくもなかろうに」

「珍しくもない……？　そうなんですか」

「狸は、猫や狐と同じく個体数の多い妖怪だから」

　詞織の問いかけに答えたのはカイルだった。ですよね、と視線でジオゴに確認しながら、パーカー姿の本姫図書館館長代理は聞き取りやすい声で言葉を重ねた。

「地蔵坂は、神楽坂から袋町に上る坂の名称だ。坂の近くにある寺院の境内の林に住んでいた狸たちが、参詣客が多いことに困って、地蔵に化けて杖を振り回したり大入道になって笑ったりして、道行く人を脅かしたという話が伝わっており、彼はその一族の生まれだ。ですよね、ジオゴ」

「ですよ。相変わらずお詳しいことで……。俺の話すことが残ってねえじゃねえか。噺家のお株を奪うんじゃないですよ。お嬢さん――末花さんだっけ？　こいつはね、昔からずっとこうなんだよ」

「こう、と言うと」

「本姫図書館に入り浸って本ばっかり読んでたおかげで、色んなことに詳しいんだ。で、なまじ物覚えが良くて律儀なもんだから、説明がいちいちやたらと長い」

「すぐに脱線するジオゴには言われたくないですが」

「こっちは噺家だよ。余計なこと言うのが仕事なの。末花さん、あなたも実際心当たりあるでしょ？　説明長えなあって思ってるならそう言った方がいいよ」

「い、いえ、そんな……。詳しく話してくださるのでいつも助かってます」

ジオゴにやんわり切り返しつつ、詞織は恥ずかしそうにしているカイルをちらりと見た。カイルの詳細で具体的な説明については、妖怪はみんな解説が丁寧なんだろうと何となく思っていたけれど、あくまでカイルの個性だったらしい。本姫図書館に通い詰めていた頃の幼いカイルの話も気になったが、当の本人が、自分のことを話題にされるのは気まずい、という顔だったので、詞織はジオゴに向き直って話を変えた。

「落語家さんなんですよね。確か、この近くに寄席があったと思うんですが、もしかして、そこで——」

「おっ、よく知ってらっしゃるね。その通り、今日もこれからそこで高座だよ。金重亭団五郎って名前でやらせてもらっております。ご存じ……じゃ、なさそうだね、その顔を見ると」

「す、すみません。落語家さんの名前には疎くて」

「無理もないさ。俺は二ツ目に上がったばかりの若造だから、知られてないのが当たり前だ。あ、ちなみに二ツ目ってのは落語家の階級ね。もう一つ偉くなると真打になるんだがこれがなかなか遠い道のりで……。それはそうとカイルよ」

　恐縮する詞織に愛嬌のある笑みと長い答を返し、ジオゴがカイルに視線を向ける。久々に再会した知人にいきなり詰め寄られ、カイルは眉根を寄せてみせた。

「何です？　そう言えばさっき『いいところで会った』とか言っていましたが……お金なら貸せません」

「俺を何だと思ってるんだお前。そうじゃなくて、今のお前、図書館長なんだよな？　で、図書館ってのはものを調べる場所だよな？　ってことはそこのトップのお前さんは、探偵や刑事みたいな調べもののプロってことだよな？　その資質を見込んで頼みが一つ」

「待ってください。まず、僕はあくまで館長の代理ですし、それに図書館員の仕事は探偵や刑事のそれとは全く違います。『公共図書館運営概論』にも書いてありましたし……。ですよね詞織さん」

「ええ。図書館では確かに調べものに協力することはありますが、司書の仕事は、あくまで、この本にこう書いてあります、という情報を提示することなので……。推理ができるわけではないんです」

「なんだ、そうなのかい……？　じゃあ知人として頼みがある」

ジオゴは一度落胆したが、すぐに気を持ち直して話を続けた。もしかして結構長くなる感じなのだろうか。詞織がちらりとカイルを見ると、カイルは分かっていると言いたげに小さくうなずき返し、申し訳なさそうにジオゴに告げた。

「すみません。僕らはこの後用事があるもので」

「安心しな。俺だってそんなに時間はないからね。何しろこの後高座がある。狸の身でありながら噺家を志して数世紀、やっと番組表に名前が載って、高座で羽織を着られるようになった時の嬉しさときたら、聞くも涙語るも涙」

「いいから本題に入ってください。大体『数世紀』も何も、あなたは僕とそんなに年齢は変わらないでしょう」

「バッサリくるねえ、お前さんは……。まあいいや。お前、門前タンニって知ってるよな？」

「門前……？　ああ、狐の彼ですか」

「狐？」

「うん。タンニは内藤新宿は太宗寺——ほら、閻魔像と奪衣婆像で有名なあのお寺の門前に住んでいた狐の家系で、僕やジオゴ同様、若い世代の妖怪だ。人を煙に巻いて楽しむようなところもあるけれど、話しやすくて気のいい狐だ」

　詞織の問いかけにそつなく答え、カイルはジオゴに「彼はあなたの兄弟弟子だったはずでは？」と問いかけた。腕を組んだジオゴがうなずく。

「そうだよ。芸名は金重亭賛吉。同じ師匠の下で学んだ同門で、俺の弟弟子で、今もこれから同じ高座に上がる仲だ。あの野郎がな——」

　そこでジオゴは一旦言葉を区切り、注意深くあたりを見回すと、小さく手招きをしてみせた。何か不穏な話なのだろうか。思わず顔を寄せる詞織とカイルを前に、ジオゴは口元に扇子を当て、抑えた声をぼそりと発した。

「——最近、落語がめっちゃくちゃに上手くなったんだ」

「な、なるほど……って、え？」

「それだけ……ですか……？」

この上なく深刻な顔のジオゴを前に、聞き手の二人は同時に眉をひそめて困惑した。同門の同業者の技術が上達したことの一体何が問題なのだ。カイルと詞織がどちらからともなく顔を見合わせて首を傾げると、ジオゴは「何言ってるんだと思うだろうけど」と相槌を打ち、手短に——時折脱線しそうになり、その度にカイルに止められながら——説明した。

ジオゴが言うには、元々タンニの技量は自分とそう変わらなかったのだそうだ。むしろ、気楽なジオゴに比べて生真面目な性格のタンニは伸び悩んでいたくらいだった。そして、寄席や演芸場の減った現代において、落語家がネタを披露できる場所も機会もそう多くなく、真打でもない若手の場合は、ベテランや師匠の都合で出演先が決められる。ジオゴがずっと地元の高座に上がり続けていたのに対し、タンニはここ半年余り、新宿以外の劇場や地方営業をメインに活動しており、今月になって新宿に戻ってきた。久々にその高座を見たら、明らかにレベルが変わっていたのだ——とジオゴは真剣な顔で語った。

「あいつがどうしてあんなに上手くなったか、そこが分からないんだよ。何か秘訣があるはずで、俺はそれを知りたいんだが、自分一人じゃさっぱりだ。だから」

「知恵を貸してくれ……と？」

「そういうこった。読書家兼図書館員の慧眼でもってこうズバッと」

「無理です」

勢い込んでうなずくジオゴに、カイルがばっさり切り返す。そんな、と絶句する嘶家を前に、本姫図書館の館長代理は念を押すようにきっぱり首を横に振ってみせた。

「僕は落語については素人ですし、以前のタンニの落語も数回しか見たことがない。今の彼を見たところで、どう変わったか分かりません」

「つれないねえ……。お嬢さんはどう思う？」

「え？　わ、わたしも落語のことは全然なので、お力にはなれないかと……と言うか、単に練習を頑張られただけなんじゃないですか……？」

詞織がおずおずコメントすると、カイルが同感だとうなずいた。「そういうレベルじゃないんだって」とジオゴが食い下がる。

「素人目でも分かるくらい異常なんだって、今のあいつは！　まだ寄席に通う客にしか知られてないけど、これから絶対話題になるレベルだよ。内輪ではとっくに騒がれてて、昼の部にも夜の部にも出ずっぱりだ。何かタネがあるに違いないとは思うんだが、尋ねてみても適当にはぐらかすし、これはもう何か後ろ暗いことに手を出したんじゃないかとさえ」

「タンニは……と言うより、狐は元々そういう性格じゃないですか。はぐらかすのが好きなんです。親切に教えてくれる方がおかしい」

「そりゃそうだけど、誰もいない部屋で一人でぶつぶつ言うことも増えたし」

「それは落語の練習なのでは」

「わたしもそう思います」

「だからそういうのとは違うんだってば……！　どうして通じねえかなあ……って言っても分かんねえだろうし――そうだ！　今から高座を見ていっておくれよ。俺も出るしさ」

　いきなりジオゴが満面の笑みを浮かべてボリュームを上げた。それがいいそれがいいと繰り返した噺家は、「安心しな、木戸銭は俺が出す」と言い足し、二人を促して歩き出そうとした。詞織が慌てて反論する。

「ですから、わたしたちはこの後用事が」

「時間が決まってるのかい？　それともこれから丸一日じっくり掛かる？」

「いえ、そういうわけではないですが……」

「だったら大丈夫。俺もタンニも出番は早いし、見るもの見たら出ていけばいい。寄席はいつでも出入り自由、短い演目を色々上演するから、その合間の好きなタイミングで出たり入ったりしやがれって仕組みなんだ」

「へえ。そういうシステムなんですね。でもお昼も食べていませんし」

「寄席には弁当も売ってるよ。食べながら見りゃいい」

「ですけど……」

どうしましょう、と隣のカイルに困った顔で助けを求めた詞織だったが、直後、思わず目を瞬いた。

腕を組んだカイルは、頑張って「実に困った」「予定があるのに」という顔をしてみせてはいるのだが、誰が見ても分かるくらい、露骨にうずうずしているのだ。

詞織の知る限り、カイルは礼儀正しくて愛想もいいが、図書館利用者の前でも笑顔を見せたことがない。だからお笑いには縁も興味もないと勝手に思っていたのだが……もしや、落語が好きなのだろうか？　詞織は不審な目でカイルをしげしげと眺め、ややあって控えめな問いを発した。

「……館長代理さん、もしかして落語聞きたいんですか？」

「えっ？　い、いや、その――」

面食らったカイルが慌てて取り繕おうとする。だが詞織が「正直に言ってくださっていいですよ」と苦笑すると、カイルは頬を掻きながら小声を発した。

「妖怪には長生きが多いし、江戸の庶民の噂話から生まれた人もたくさんいるから、古典的な話芸への親和性が高い。要するに、落語好きが多いんだ。母もそうで、僕も昔はよく聞いていた。最近はご無沙汰だったけれど、ジオゴの話を聞いているうちに……」

「興味が再燃してきちゃったんですか？　それとも、そこまで言われるタンニさんの落語を聞きたくなった？」

「……両方だ。あの、詞織さん。ものは相談なのだけれど――」

「分かりました。本屋さんは落語の後でもいいですよ。わたし、今日は夜まで空いていますから」

カイルの言葉を先読みし、詞織は苦笑を浮かべてうなずいた。「たまには落語も面白そうですし」と言い足すと、カイルはぱあっと顔を輝かせた後、きっぱりと頭を下げた。

「ありがとう」

「いえいえ」

「おっ、話がまとまったな？　それじゃあさっそく」

ジオゴが「善は急げだ」と足早に歩き出し、わくわくと目を輝かせたカイルが続く。その横顔を眺めながら、こういうところは幼くて可愛いな、と詞織は思った。

＊＊＊

ジオゴに連れられて向かった先の寄席は、そう広くもない道路に面した、左右対称の建物であった。

三角形の瓦屋根の下には色とりどりの提灯が並び、そのさらに下には芸人の名前を書いた木札がずらりと整列している。入り口は小さな入場券売り場を挟んで左右二つに分かれており、芸人やスタッフ専用の出入り口がその脇に設けられていた。

昼の部のチケットを買い求める客を遠巻きに眺めつつ、意外と地味な建物だな、と詞織は心の中でつぶやいた。伝統ある演芸場ということは知っていたから、大通りに面した縦にも横にも大きい建物を勝手に想像していたのだが。と、詞織の横顔を見たジオゴが、扇子で口元を隠してほくそ笑んだ。

「お嬢さん。意外と地味な建物だと思ってるね」

「え？　い、いえ、そんなことは」

「隠さなくてもいいっての。その顔にしっかり書いてある。カイルの同僚だけあってそういうところは分かりやすいんだから……。この寄席は、このサイズだからいいんだよ。庶民の娯楽なんだから身近さととっつきやすさが大事なんだ。さて入場券を」

「おや、団五郎兄さん」

いそいそと歩き出そうとしたジオゴに、聞き取りやすい男性の声が投げかけられた。

やあ、と気さくに挨拶しながら歩み寄ってきたのは、Tシャツにジャケットというカジュアルなスタイルの美形の若者だった。年齢はジオゴと同じくらい。カイルよりも頭一つ分背が高く、引き締まった痩身で、髪はさっぱりと短く、人目を引く整った顔には穏やかな薄い笑みを浮かべている。やや軽そうだがスマートな印象を与える美青年は「やあ」とカイルに声を掛けた後、詞織に向き直って姿勢を正した。

「初めまして。金重亭賛吉と申します」

「こちらこそ初めまして。末花詞織です」

「これはご丁寧に。……で、カイルや兄さんと一緒にいるということは、僕の本性の方もご存じですよね。狐の門前タンニです」

詞織に顔を近づけた賛吉——タンニが抑えた声で素性を告げる。和服じゃないんですね、と詞織が素直な感想を口にすると、タンニは肩をすくめてみせた。

「この方が楽なものでね。高座ではちゃんと羽織を着ますのでご安心を。しかし、カイルも久しぶりだね。本姫図書館を引き受けたそうだけど、順調かい？」

「こちらの詞織さんの手助けのおかげで何とかやっていけています。今日も図書館の用事で出てきたんですが、ジオゴに誘われまして」

「兄さんが？　……はは あ、そういうことか」

カイルの言葉を聞いたタンニが、元々細い目をさらに細めて微笑した。「何がだ」と口を挟むジオゴを、洋装の狐の噺家は生温い視線で見下ろした。

「最近ずっと言ってるあれ、『お前の上達の秘訣を探ってやる』というやつだろう？

自分一人じゃどうにもならないからカイルたちの知恵を借りることにしたわけだ。その顔、図星だね」

「だったら何でぇ。卑怯だとか言うんじゃなかろうな」

不服そうな顔でジオゴがタンニを睨み返した。頭一つ分身長が違うので、ジオゴが下から見上げる格好になる。タンニはまさかと一笑し、薄い笑みを浮かべたまま言い足した。

「芸は盗んだり盗まれたりするものだからね。ただ、僕は、ことさら隠すつもりもないけれど、自分から話すつもりもない。見抜けるものなら見抜いてみるといいさ」

「それはつまり、何か、上達した理由があるということですか？」

興味深げに割り込んだのはカイルである。だがタンニは何も答えず、穏やかに「では、お先に失礼するよ。僕は、本番前には一人で集中する時間を取りたいタイプなんだ」と告げて立ち去った。

その後、詞織とカイルは、ジオゴの買ってくれた券と弁当を手にして寄席に入場した。舞台に向かって椅子が並んでいる光景は映画館のようだが、左右には畳敷きの座敷席が設けられている。どこに座るか少し迷った後、二人は舞台が見やすい正面の椅子席を選んだ。

平日の昼の部とあって、客席の入りは六割ほどに留まっている。すぐに演目が始まり、二人が弁当を食べ終えた頃、金重亭団五郎ことジオゴが舞台上に現れた。

明るい茶色の羽織に着替えたジオゴは、愛嬌のある笑みを客席に向け、慣れた口ぶりで話し始めた。

「えー、相変わらず気楽なところのお話を一つ申し上げます。落語には貧乏長屋というのがよく出てまいりますが……」

ジオゴが語ったのは「狸賽（たぬさい）」という話であった。貧乏な賭け事好きの男のところに、彼に命を助けられた狸が恩返しにやってくる。男は狸をサイコロに化けさせ、イカサマで儲けようとするのだが、これがなかなかうまくいかなくて……という筋書きだ。

面白い話だな、と詞織は思ったし、さすがプロだなとも思った。実際に笑いもしたものの、実を言うと、そこまでのめり込めたわけでもなかった。

まあカイルも——笑ってこそいなかったが——楽しそうに目を輝かせていたし、寄席で落語を聞くという体験はこういうものだということも分かったし……と、そう詞織は納得しかけたのだが、続いて登場した金重亭賛吉ことタンニの噺を聞いて、その印象はひっくり返った。

タンニが語った演目は「鰍沢（かじかざわ）」。甲州（こうしゅう）の身延山（みのぶさん）を舞台にした話である。

山寺へ参詣に行った旅人が、帰り道に雪に降られて一軒家へ助けを求めると、そこではお熊という美しい女が一人で火の番をしていた。お熊は元は江戸の花魁で、旅人とも面識があったため、食事と玉子酒でもてなしてくれる。安心して寝床で休む旅人だったが、その時、お熊の亭主である薬売りが帰宅し、玉子酒の残りを飲んだ。それを見たお熊は血相を変え、酒には毒が入っているのだと亭主に告げる。お熊は旅人を殺して路銀を奪おうとしていたのだ。

そのやり取りを隣室で聞いていた旅人は慌てて逃げるが、既に体に毒が回り始めている上に、外は吹雪でしかも夜だ。見通しの利かない中、雪をかき分けて必死に逃げる旅人を、お熊は鉄砲を手に追ってくる……。

笑いどころの全くない、完全なサスペンスである。落語にこういう話があるのかということに詞織はまず驚き、次いで、タンニの技量に唸った。

暖かい囲炉裏端や吹雪の吹き荒れる夜の雪山など、目の前に情景が浮かぶような語り口も見事だったが、何より印象に残ったのは、登場人物の演じ分けだった。

平凡な旅人、がさつで諦めの悪い亭主、そして悪女お熊の三役を、タンニは見事に演じ分けていた。特に本性を見せたお熊の芝居は凄まじく、毒の酒を吐きながらのたうつ亭主を見下ろして「どうかしてくれと言ったって仕方ない、今日までの寿命だったと諦めて死ね！」と言い放つシーンでは、息を呑む声が客席の方々から響いた。さらに、お熊の本性を演じた直後、その場面を見てしまった旅人に即座に切り替わってみせる、そのスピードもまた客席を唸らせる。そこにいるのはタンニ一人だけなのに、表情や語り口、仕草までもが、別人のそれへと即座に変わるのだ。まるで多重人格みたいだと詞織は思った。

「……ええ、鰍沢というお話でございます」

語り終えたタンニが頭を下げると、一瞬の沈黙が客席に広がり、直後、大きな拍手が巻き起こった。興奮して手を叩きながら、詞織は隣のカイルと顔を見合わせ、うなずき合った。

興奮冷めやらぬままロビーに出ると、そこにはジオゴが待っていた。「すごかったろ」と尋ねるジオゴに、カイルと詞織はしっかりとうなずいた。

「素人目でも分かると言っていた意味が理解できました。あれは確かに見物だった」

「だろ？　で、どうだ？　あいつの秘訣だか秘密だかの目星は付いたか？」

「……それが、探るのを忘れてすっかり聞き入ってしまったもので……。詞織さんはどうだった？」

「わたしもすっかり見入ってしまったもので……」

カイルに続き、詞織が小さく頭を下げる。その咎を予想してはいたのだろう、ジオゴは咎めるでもなく「そうかい」と苦笑したが、ふと思い出したようにカイルに顔を近づけた。

「カイル、お前さん鼻が利くだろ？　タンニの奴から何か……怪しい気配とか匂いとか、そういうのは嗅ぎ取れなかったか？」

「あったら言っています。ジオゴが狸の気配を漂わせているように、彼から感じられたのは狐の気配だけでした」

　食い下がるジオゴを見返してカイルが言い切る。それを聞いたジオゴは、小さな溜息を吐き、やっぱり地道に練習するしかないのかねえ、と扇子の先で頭を掻いたのだった。

＊＊＊

　ジオゴと別れた二人は、寄席を出て、今度こそ本来の目的である書店へ向かった。

「とりあえず辞書を一揃いですよね。図鑑や百科事典も入れます？」

「詞織さんに任せる。必要な資料を選ぶのも司書の仕事のうちなんだろう？　今日は経験者のセンスを見せてもらえるものと期待している」

「はい？　いや、確かに入れる本を選んだりしたことはありますが、それぱっかりやってたわけじゃないですし、そもそもわたし非正規でしたから決定権もなかったので……。第一、図書館の蔵書って利用者に合わせて変わるわけですから」

「それも『公共図書館運営概論』に書いてあったな」

「でしょう？　本姫図書館のことは館長代理さんの方がわたしより絶対詳しいんですから、一緒に選んでくださらないと」

「なるほど」

そんな会話を交わしながら二人は参考資料を見繕って配送の手続きを行い、ついでに館内の新刊書を見て回った。

どちらも本好きである上、大きな書店に来るのは久しぶりだったため、気になる本や好きな作家の名前を見つける度にどちらかの足が止まることになり、結果、「さすがにそろそろ出ましょうか」「そうだな」となる頃には既に日が傾いていた。階段を下りながらカイルがやれやれと肩をすくめる。

「西口の方のお店も回る予定だったけれど……」

「一軒で事足りちゃった感じですねー。後半は個人的な買い物になっちゃいましたけど、お付き合いありがとうございました」

「いや、僕の方こそ。それで、詞織さん」

「何です？」

「この後、空いているだろうか？　その、良ければ夕食でも――」

人を誘うことに慣れていないのだろう、ぎこちない面持ちでカイルが告げる。詞織は「ぜひ」と微笑んだ。

「わたしも食べて帰りたい気分でしたし……あれ」

階段を下り切って店を出ようとした詞織は、ふと陳列棚の向こうにあるレジカウンターに目を留めた。見覚えのあるジャケット姿の長身の青年が、レジに本を積み上げている。「タンニか」とカイルが意外でもなさそうな声を発した。

「寄席の出番が終わって本を買いに来たのだろうか」

「みたいですね。声掛けます？」

「やめておこう。夜の部にも出るらしいし、タンニは本番前の集中を大事にしたいとも言っていた。貴重な空き時間を奪うと申し訳ない」

「分かりました」

カイルに同意しながら、詞織はカウンターの本に目をやった。仕事柄、本が積まれているとついそのジャンルが気になってしまう。遠いので書名まではっきり見えなかったが、ミステリーに時代小説、女性ファッション誌に政治もののノンフィクションということくらいは見て取れた。

ずいぶん趣味の幅が広い人なんだな。それとも落語のための資料だったりするのだろうか？　そんなことを思いつつ、詞織はカイルとともに書店を後にした。

その後二人は、駅の近くのレストランに入り、ビールで乾杯した。

カイルは「猫は魚が好きと思われがちだが実際は肉の方が好き」と説明しながらステーキセットを平らげ、その元気な食べっぷりを眺めながら、詞織は、こうして一緒に食事をするのが初めてだと気付いた。

程なくして食事は終わり、ビールのお代わりを手にした詞織が「なんだか盛りだくさんな一日でしたね」と微笑むと、カイルは中身が三分の一ほど残ったジョッキを掴んだまま恐縮した。あまり酒に強くはないようで、顔が既に薄赤い。

「遅くなってしまって申し訳ない。僕のわがままで寄席にまで付き合ってもらってしまって……」

「いえ、わたしも楽しかったですから。館長代理さんの意外な一面も見られましたし、妖怪が落語好きってお話も新鮮でした」

「みんながそうというわけでもないんだけれど。どちらかと言うと古い世代に好きな人が多いんだ。たとえば、先日調べものに来たご老人……」

「手紙が読めないって言っていた狐のおじいさんですか？」

「ああ。あの人も昔からの落語好きだったはずだ。もっとも、彼の場合、目が悪いので本が読めないという理由もあるのだろうけど……。僕は、本姫図書館を、読書家や本好きだけでなく、ああいう人にとっても――どんな妖怪にとっても身近でくつろげる場にしたいんだ。図書館は本を保存して貸すだけではなく、地域のコミュニティを形成するための施設でもあるわけだから……」

「公共図書館運営概論」から学んだ内容を踏まえ、カイルが真摯に言葉を重ねていく。

真面目だなあ、と詞織は深く感心した。オフの日の夜、しかもお酒が入っている場面くらい、仕事のことは忘れればいいのに……とも少し思ったが、カイルのこの性格を詞織は決して嫌ってはいなかったし、むしろその逆だった。

しばらく一緒に働いてみて分かったが、この化け猫の青年はいい意味で真面目で実直なのだ。真面目と言っても頭が固いわけではなく、他人の意見を素直に受け入れる柔軟さもちゃんと併せ持っている。だからこそ、詞織のささやかな助言と一冊のテキストだけを頼りに、図書館を改善できているのだろう。

実際、詞織の目から見ても館の使い勝手は急速に良くなってきているし、その甲斐あって、利用者も――徐々にではあるが――増えている。詞織は改めて目の前の化け猫の青年を尊敬し、同時に、どうしてそんなに頑張れるのだろう、とも思った。

「あの……どうしてそんなに熱心なんです？」

「えっ？」

アルコールのせいか、気付けば詞織は自然にカイルに尋ねていた。意外な質問だったようで、熱弁していたカイルの言葉が途切れ、眼鏡の奥の目がきょとんと丸くなる。変な質問をしてしまっただろうかと詞織は思ったが、カイルは一、二回首を捻った後「そうだな」と前置きし、口を開いた。

「前にも言ったように、僕は、新宿の妖怪たちに本姫図書館のことを思い出してほしいし、知らなかった人には知ってほしいと思っている。だから図書館を良くしたいのだけれど……詞織さんが尋ねているのは、なぜそう考えるようになったのか、ということだろうか」

「え？　え、ええ……まあ……はい。軽い気持ちで聞いちゃっただけなので、答えにくいなら結構ですけど……」

「いや、そんなことはない」

恐縮する詞織にきっぱりとした言葉が投げ返される。ジョッキのビールに少しだけ口を付けたカイルは、再度短く思案した後、口を開いた。

「突き詰めれば僕は、本が好きで、本のたくさんある環境が好きなんだと思う。本は──『記述』は、いわば、僕ら妖怪の生みの親でもあるわけだから」

「本が生みの親……ですか？　ええと、それはどういう……」

「僕の親は『耳嚢』に記述されている化け猫だし、図書館に来られる方たちも、それぞれ自身の出自についての記述を持っている。無論、書かれ、語られることで妖怪が生まれたのか、あるいは妖怪が先に存在していたから記述されたのか、その順番は誰にも分からないが」

「そうなんですか？」

「ああ。どちらのケースもあるんだろう。だが、僕ら妖怪にとって、書物はある意味親であり、肉親であることは確かだ。だから僕は、本がたくさん集められ、保存されている場所が好きなんだと思う……。こんな答で良かっただろうか？」

「はい。よく分かりました」

「それなら良かった。じゃあ詞織さんはどうなのだろう」

「……え？　わたしですか？」

「ああ。詞織さんはなぜ司書を志した？」

カイルが詞織を見つめて問いかける。今度は詞織が目を丸くする番だった。

「ええと、本姫図書館の求人に申し込んだのは、司書資格を持っているし、今までその仕事しかしていなかったからなんですけど……そういうことじゃないですよね」

「そうだ。本に携わる仕事をしたいなら、たとえば出版社や書店という選択肢もあったろう。なのになぜ図書館司書の資格を選んで取得した？」

「それは……」

どうしてだっけ、と自分で自分に問いかけてみる。と、心の奥から浮かび上がってきたのは、「ねずみとオリーブ」――以前、まつりがカウンターに差し出してきたあの絵本と、それにまつわる思い出だった。高校生になってから訪れた図書館で、昔好きだった絵本を見た時の気持ち。この本はずっとここにあって、誰かに読まれ続けているんだな、と思った時のあの気持ち。それはつまり……多分、そういうことなのだろうか。内心で自問を重ねながら、詞織は首を捻って口を開いた。

「具体的に何かこう、ドラマチックなきっかけがあったわけじゃないんですが……でも、図書館って……どう言えばいいのかな……小さい頃でも成長した後でも、いつ行ってもいい場所で、同じ本がずっとある――あっていい場所じゃないですか。しかも、誰でもそれを手に取って読んでいい場所じゃないですか。図書館はそういう場所だから――少なくともわたしはそう思って、それが『いいな』って思ったので……」

「だから司書を選んだ？」

「はい。……ふわふわした答ですみません」

「いや、立派な動機だと思う。ありがとう」

丁寧に頭を下げるカイルである。お礼を言われるようなことでもないのに律儀な人だ。詞織が思わず微笑んでいると、カイルは詞織の答を噛み締めるように何度かうなずいた後、生真面目な顔を上げ、仕切り直すように口を開いた。

「それで、僕としては、本を読まない、あるいは読めない人にも来てほしいのだが、どうしたらいいと思う？」

「……いきなり話が戻りましたね」

「まずかっただろうか？　まだこの話には結論が出ていないから、と思ったのだけれど……」

「いえ、大丈夫です。館長代理さんがそういう真面目な方なのは存じてますので……。うーん、そういう方にも来てもらうとなると、イベントとか？　でも、図書館のイベントだと、絵本の読み聞かせとか子供向けの人形劇なんかが定番ですが、本姫図書館ではちょっと合わないですよね。子供ってまつりちゃんくらいしか見ませんし」

「僕はまだその子に会ったことがないんだけれど」

「館長代理さんの休憩時間にしか来ませんからねー、あの子」

「もしかして僕は嫌われている？」

「いや、そんなことはないと思いますよ？　今度来たら呼びましょうか」

「いや、いい。それで逃げられたらショックだから……」

「悪い方に考えすぎですよー」

　不安そうにうつむくカイルに詞織が明るく笑いかける。カイルは「そうだろうか」と顔を赤らめたが、ふいに詞織をまっすぐ見つめ、独り言をつぶやくように声を発した。

「……今日の詞織さんは、優しいな」

唐突なコメントが真正面から投げかけられる。そのダイレクトで意外な感想に、詞織はまず面食らい、そして照れ、さらに怪訝な顔になった。

「そ、そうですか？　いつもと同じつもりですけど……。と言いますか、わたし、普段そんなきついですか……？」

「えっ？　あっ、いや、そうじゃない。僕はほら、仕事の時の、誠実で真面目な詞織さんしか知らなかったし、こんな風に話すこともなかったから……だから、ああ、休日だとこんな感じなんだなということを知って新鮮に感じたと、そういうことが言いたかったんだ」

カイルは慌てて弁解し、「普段が優しくないと言いたいわけではないので」と念押しのように言い足した。なるほど、そういうことですか。詞織は照れを残しながらも納得し、不安げな顔のカイルに語りかけた。

「だったら、わたしも同じですね。館長代理さんのお知り合いにも会えましたし、寄席は楽しかったし……今日は色々新鮮で楽しかったです。すっきりした気持ちで帰れそう」

「同感だ。……もっとも、引っかかっていることは一つあるけれど」

詞織の言葉に共感した後、カイルが思い出したように眉根を寄せる。詞織が「タンニさんのことですか」と尋ねると、カイルは小さくうなずき、眼鏡の奥の目を細めた。

「彼のあの技量には何か秘訣があるはずなんだ。そのことは本人も認めているのに、からくりが全く分からないというのは……やはり、どうもすっきりしない」

「すごく練習されたんじゃないんですか、やっぱり？　あと、熱心に勉強したとか。ほら、本をたくさん買われてましたし。館長代理さんも見ましたよね」

「見た。実は、あの光景も少し引っかかっているんだ」

「と言いますと？」

「僕の知っているタンニは、特定のジャンルや作家だけを――国内外のミステリーばかりを熱心に読むタイプの読書家だったはずなんだ。なのに彼はノンフィクションや時代小説、それに女性向けの雑誌まで買っていた。どう思う？」

「うーん……。でも、読みたい本が変わることって、誰にでもありますからね」

　大真面目に考え込むカイルの向かいの席で、詞織は首を傾げてやんわり答えた。

　確かにタンニは種があるようなことを言ってはいたけれど、落語は舞台上で座ったまま何も道具を使わずに演じる芸であるわけで、仕掛けを持ち込める余地はどこにもない。上手くなるには地道に練習するしかないはずで、ジオゴもカイルも考えすぎではないだろうか。そんなことを思いつつ、詞織はさらに続けた。

「それか、取材じゃないでしょうか？　自分が演じる人物を分析して作り込むために、色々読んで研究してるとか。タンニさんの演じ分け、すごかったじゃないですか。口調も雰囲気も表情も一瞬でガラッと変わって、まるで別人になったみたいでした」

「別人に……？」

「ええ。あれだけ作り込むためには相当——って、どうしました……」

ふいに息をひそめたカイルに、詞織は思わず問いかけた。だがカイルはそれには答えず、代わりに「そうか」と短く声を発した。

「考えてみれば、彼は内藤新宿の太宗寺の門前の出身なんだ。そう考えると筋が通るし、それに——そうだ、だとしたらあの話も……」

空になった皿に目を向けながら、カイルが口早に言葉を重ねていく。何か気付いたのだろうか？　詞織は「どういうことです」と尋ねようとしたが、その矢先、カイルは詞織に視線を向け、テーブルの上に身を乗り出した。

「詞織さん！」

「はっ、はい？」

「梨花子さんに連絡を取っていただくことはできるだろうか」

「……梨花子、ですか？」

「ああ。ほら、今日、駅前でお会いした」

「いや、梨花子が誰なのかは分かります。連絡だって取れますけど……」

カイルの勢いに気圧されながら、詞織はいっそう困惑した。どうして急にここで梨花子の名前が出るのだろうか。理由はさっぱり分からないが、もしかして、好みだから紹介しろ、とか、そういうこと……？　訝りながら尋ねると、カイルはきょとんと目を丸くした後、ハッとなって首を左右に振った。

「いや違う。そういう下心は断じてない。確かに綺麗な人だったし香りも良かったし、妖怪が人間に恋慕するケースは多々あるが、そういうことではなく、僕の好みはむしろもっと」

「いや、そこまで言わなくても信じます。好みまで教えてくださらなくても大丈夫なので落ち着いてください」

「そ、そうか？　すまない。取り乱してしまった」

「いえいえ……。でも、じゃあ一体梨花子に何の用が？」

バッグからスマホを取り出しながら詞織が問う。と、カイルは仕切り直すようにジョッキに残ったビールを飲み干し、改まった顔で口を開いた。

「確認してほしいことがあるんだ」

＊＊＊

「正解だ。カイルの言った通り、僕は高座に上がる際、二匹の狐を自分の体に憑依させている」

数日後の夜、開館前の本姫図書館の貸出カウンター前にて。

「地方営業に行った先で、実体を失った古い狐の姉弟と知り合ってねえ。彼女たちと話をしているうちに、手を貸してもらうことを考え付いたんだ。落語は一人で何役もを演じる話芸だろう？　表に出る人格を切り替えながら演じてみせれば、きっと見ごたえのあるものになるだろうと思ってさ。姉弟は『人を化かす狐が人を笑わせるというのもまた一興だ』って面白がって、喜んで協力してくれているよ。体を失った霊体にとって、生前の自身と似た属性、同じ種族の体は心地いいらしいしね」

カイルの推理を聞いたタンニは、自分同様に図書館に呼び出されたジオゴ、そしてカウンターの中に立つエプロン姿のカイルと詞織を見回してそう語り、「ずっと憑けているわけじゃない。普段は別行動だから今はいないよ」と言い足した。そのあっさりした回答に、ジオゴはぽかんと驚いて絶句し、一方、詞織はカイルに目を向けた。

「すごいですね館長代理さん……！　『えー、そんなことあるんですかー』とか疑っちゃってすみませんでした」

「いや、僕はそんな大したものでは」

「謙遜しなくてもいいよ。このからくりに気付いたのは実際カイルが初めてだ」

照れ臭そうに視線を逸らすカイルに、タンニは整った微笑を向けた。今日も洋装の狐の噺家は、目の前の化け猫の聡明さを拍手で褒め称え、興味深げに問いかけた。

「しかし、どうして分かったんだい？　匂いや気配じゃないよね。狐に狐が取り憑いても、狐の気配しかしないはずだ」

「ええ。あの日の夜、詞織さんと話している途中にふと思い出したんです。内藤新宿は太宗寺の門前に伝わっていた話を……」

　そこで一旦言葉を区切り、カイルは壁の時計に目をやった。現在時刻は九時四十五分。開館時間までもう少し余裕があることを確認し、若き館長代理は一同を見回して解説を再開した。

「弘化元年、つまり一八四五年の話です。あのあたりに住んでいた勝蔵という商人の妻に一匹の狐が取り憑いた。『舟橋』と名乗ったその狐は、自分は善兵衛なる行者の使いだと告げ、なかなか出ていこうとしない。さらには『中橋』と名乗る別の狐まで現れ、これも妻に取り憑いてしまう。商人の妻は、自分の分と二匹の狐の合計三つの人格を、一つの体の中に抱えることになったわけです。結局、奉行の一喝で狐は抜けて妻は助かったそうですが……おそらく、この話をヒントにしたのでは」

「また正解だ。しかし、僕ら狐の間でさえ忘れられつつあったマイナーな話なのに、よく覚えていたものだね」

「はー！　そんな故事があったのか。さすが図書館長様だな、博識だ」

素っ頓狂な声を発したのはジオゴだった。そんなことないですよ、と謙遜するカイルに、タンニがさらに質問を重ねる。

「しかし、舟橋狐と中橋狐の話を知っていただけで気付けたとも思えない。確信した理由があるよね」

「きっかけは詞織さんでした。別人になったようだった、という感想を聞いた時、もしかして本当に別の人が出てきているんじゃないかと思ったんです。書店で幅広いジャンルの本を買っていたのを見たことや、『誰もいない部屋で一人でぶつぶつ言うことが増えた、練習とはどうも様子が違う』というジオゴの話もヒントになりました。読書の幅が広がったように見えたのは、憑依させている狐の好みに合わせた本を買ったから。一人でぶつぶつ言っていたのは、自分の中の狐と会話していたんですよね」

「また正解だ」

「それにもう一つ。妖怪にとっては常識ですが、霊魂だけになった妖怪が生身の体に取り憑いて活動するためには、二人分のエネルギーが要る。二体の狐を憑けて高座に上がる場合、憑依した狐二体とタンニ、合計三人前の栄養補給が必要になるはずです。そしてタンニはあの日、寄席に来る前、駅前のお店で三人前の食事を平らげていた……。そうですね？」

カイルがカウンターを挟んで問いかける。それを聞いたタンニはこの日初めて驚いた顔を見せ、「どうして」と素直な声を漏らした。

「あの場には妖怪は誰もいなかったはずなのに」

「詞織さんのお友達が見ていたんですよ。梨花子さんという女性です。タンニの食べっぷりに驚いた梨花子さんは、自分が見たものを、その直後偶然出会った知り合いに話さずにはいられなかった……。ですよね、詞織さん」

「はい」

カイルに尋ねられた詞織がうなずく。

——さっき入ったカフェでね、ものすごいイケメンがおひとり様でランチ三人前食べてたの。

——あのお店、一人分でもそこそこの量あるのに、それを線の細いシュッとした人が黙々とどんどん食べるんだよ？　胃袋どうなってるんだろうと思ってずっと見ちゃってて……。

あの日梨花子が語っていた細身の大食漢は、本番に備えて腹ごしらえ中のタンニだったわけだ。今更のように納得しながら詞織は続けた。

「見た目の特徴を聞いてみてくれって館長代理さんに頼まれまして」

「その彼女に確認したところ、外見が僕と一致したというわけか……。なるほどなあ。

しかし感嘆すべきはカイルの目の付け所と勘の良さだね。実に大したものだ」

詞織の言葉を先取りしながらタンニが恐れ入ってみせる。その堂々とした賞賛を前に、詞織はふと訝った。

一人でやるべき落語を実質三人でやっていたことを看破されたのに、タンニの表情も言動もあくまで楽しげで、隠し事がバレてしまったという焦りや罪悪感はまるでない。妖怪的にはそういう感覚なのだろうかと思ったので小声でカイルに尋ねてみたところ、返ってきたのは「だって別に悪いことじゃないだろう？」というあっさりしたコメントだった。

「誰かに迷惑を掛けてるわけじゃなし、上手い方法だと僕は思うけど」

「まったくもってその通りだ。そんな発想は俺にはなかったからなあ」

カイルの言葉に同意した後、ジオゴは大きな溜息を吐いた。だがジオゴが「どこかに芝居が上手で霊魂だけの狸がふらふらしてないもんかね」と冗談めかしてぼやいてみせると、ふいにタンニは真剣な顔つきになり、違うよ、と首を横に振った。

「適当な妖怪を憑依させたところで、即座に腕前が上がるわけじゃない。あえて偉そうに言わせてもらうけれど、大事なのはアイデアじゃないよ、兄さん」

「……何？」

「三人で演じ分けるためにも、結局練習は必要だ。切り替えのタイミングも調整しなくちゃいけないし、ある意味、一人でやるよりも大変なんだよ、あれは……」

「そうなのかい？　しかしお前は実際めちゃくちゃ上手くなってるわけでだな」

「僕はここ半年、新宿を離れて活動してたろ。地元を離れてアウェーな会場を回って、知らないお客に向かって何度も何度も演じることで、新しいものが見えてきて、それで掴めたコツもある。ものをいうのは結局のところ練習量、それに何より場数だよ。兄さんが伸び悩んでいるのだとしたら、そこを何とかするしかないと僕は思う」

　タンニのまっすぐな言葉が、開館前の本姫図書館の開架室に染み入っていく。弟弟子の率直な言葉にジオゴは感銘を受けたようで、「なるほど……」と深く息を呑んだが、すぐにがくんを肩を落とした。

「場数が大事ってのは分かるよ。分かりますよ。だけどよ、このご時世、落語を演じる機会なんかそうそうねえだろ？　寄席なんかほとんど残ってねえし、演芸場だって右に同じだ」

　大きな溜息を落とすジオゴ。それにはタンニも返す言葉がないのか黙り込んでしまい、館内にどんよりとした重たい空気が漂い始める。素人には口の挟みようがない話題に、詞織はカイルと気まずい視線を交わしていたが、ふいに「あ」と声を発した。

「そうだ！　うちでやってもらうのはどうですか？」

「えっ？　詞織さん、それはどういう意味で……？」

「ほら、館長代理さん、この前レストランで言ってたじゃないですか。本姫図書館は、読書家以外の妖怪にとっても身近でくつろげる場にしたいんだ、って。妖怪には落語が好きな方が多いんでしょう？　空いている部屋はありますし、ジオゴさんがお客の前で演じる機会が欲しいなら……その、この館で定期的に落語会をやってもらったらどうかなって、そう思ったんですが……どう」

「いいね」

「いいな」

詞織が言い切るより早くカイルとジオゴが食い気味に応じた。その勢いに気圧されて口をつぐんだ詞織に、タンニが優しく微笑みかけた。

「なるほど。いいアイデアだね」

「そ、そうですか？　ちょっとした思い付きなんですが……」

「改善や前進の秘訣は、いつだってちょっとした思い付きだよ。図書館での落語会が定例になるなら、僕も出させてもらいたいなあ。いいかな、司書さん？」

「え、いいんですか？　わたしもタンニさんの落語はまた聞きたいですし。いいですよね、館長代理さん」

「ああ。タンニだったら大歓迎で」

「馬鹿野郎！　俺の練習の場をいきなり横取りするんじゃないよ。お前は元から上手いんだから……。なあ司書さん」

「えっ？　ええと、そのあたりの調整はまた改めて、ということで……。そろそろ開館の時間ですし」

「ほんとだ！　看板を『開館中』に変えないと」

詞織が時計を指さして言うと、カイルは慌ててカウンターを飛び出して玄関に向かった。新しいイベントが始められそうなのが嬉しいのだろう、カイルの足取りは普段よりも軽やかで、嬉しげに振られる尻尾まで見えそうだ。その後ろ姿をカウンターから眺めながら、詞織はふと自分が微笑んでいることに――カイルが喜んでいることを喜んでいる自分に――気が付いた。

どうやら、この風変わりな図書館と真面目な館長代理の存在は、自分の中で、思っていたよりはるかに大きくなっていたらしい。それは詞織にとって意外な発見だったが、悪い気は全くしなかった。

廿五日朝、飯田並びに勝藏兩人にて病人へ『(中略)狐狸妖怪の類に相違なし眞直に申すべし』と理責に問詰め候へば、

『箇様に責め問はれ候上は是非に及ばず包まず仔細に申すべし、我は船橋と號し候狐にて、住吉町裏河岸紺屋渡世いたし候御嶽山祈禱者先達善兵衛に附屬召仕はれ候者(中略)

翌日八日、今日善兵衛來り候へば狐引取らせ申すべしと町役人も勝藏宅に詰合ひ相待居候へ共、何の沙汰もなし、空敷日を暮し夜に入り皆々歸宅いたし候、同夜正七ツ時頃病人勝藏へ申聞候は、我は舟橋に候何か胸騒ぎいたし其上右の腕ふるへ出し甚だ怪敷く附添呉れ候様申すに付勝藏儀病人をいだき居候處

病人『我は舟橋にて候、それなるは誰に候哉。

病人『己れは中橋狐にて其方の傍輩なるぞ。

(弘化元年十二月に奉行所に提出された訴状より)

第五話「館内ではお静かにお願いします」

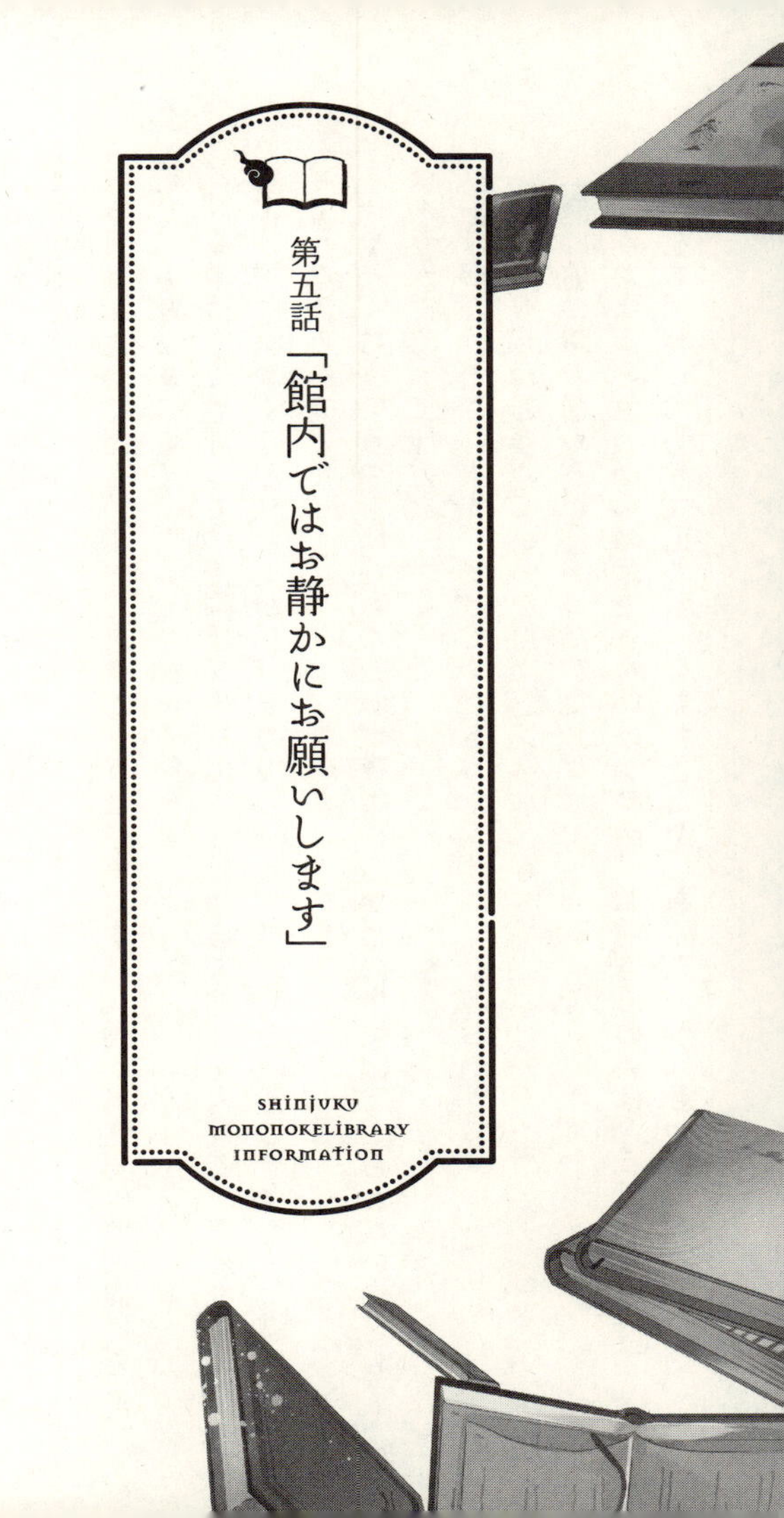

「ええ、おあとがよろしいようで……」

本姫図書館の開架室の奥に設けられた畳敷きの集会室にて。落語を一席語り終えた着物姿のジオゴが頭を下げると、二十人ほどの観客から拍手が起こった。聞き手はいずれも新宿在住の妖怪たちで、目の悪い狐や蜘蛛の老人など、詞織にとっては見知った顔も多い。

「本日はお越しくださいましてありがとうございます。次回は二週間後の木曜日を予定しておりますので――」

部屋の後方で見守っていた詞織が歩み出て、落語会の終了を告げる。それを聞いた観客一同はゆっくりと立ち上がり、その中の一人、半透明の幽霊の老婆が、詞織に嬉しそうな笑みを向けた。

「いやあ、こういうのもいいもんだね。夜中にしかこの世に出てこられない身としてはありがたくって仕方ない」

「ありがとうございます。受けてくださったジオゴさんのおかげです」

「だろ？　もっと褒めていいんだよジジババども」

「俺は前の時の噺の方が良かったがなあ」

「もうちょっと色っぽいのはできないのかねえ。お前さんの芸はどうもがさつで」

「だなあ。わしは明治大正の名人を見てきたが、あの人たちはもっと華があった」

「比べる相手が悪いよ、比べる相手が……。つうか、ただでプロの芸が見られるんだ、贅沢言うな」

「練習させてやってんだろうが」

観客たちとジオゴが親しげに言葉を交わしながらぞろぞろと退室していく。全員が退室するのを見届けた後、詞織が部屋の鍵を掛けて開架室へと戻ると、カウンターの番をしていたカイルが顔を上げた。

「お疲れ様。どうだった」

「来場者数二十四人。前回よりも前々回よりも多いですね。リピーターさんも増えてます」

「そうか。残って本を見ていってくれる人も増えたし……開催して良かった」

カウンターに入った詞織の言葉に、カイルは感慨深い顔を開架室へと向けた。カウンターから見える範囲だけでも、十人前後の利用者が書棚を物色し、あるいは椅子に腰かけてページをめくっている。その様子を満足そうに眺めるカイルの横顔に、詞織は思わず微笑んだ。職場が賑わってくれるのも嬉しいけれど、しっかり頑張っている人が——正確には化け猫が——報われるというのはいいものだ。ほんと良かったですね、と内心で語りかけていると、カイルが思い出したように詞織を見た。

「ところで落語会ではトラブルなどはなかったろうか」

「何も、です。皆さんマナーがいいですからね……。妖怪の方ってみんなああなんですか？」

「基本みんな長生きだから、余計な角を立てないように生きていく術に長けているところはあるんだと思う。言葉が全く通じなかったり、存在自体が危険だったりする妖怪も昔はいたらしいが、僕はほとんど見たことがないし……。人間はもっとマナーが悪いものなのか？」

「え？　まあ……そういう面もあるかも、ですね。色んな人がいますから」

苦笑で言葉を濁す詞織の脳裏に、前の勤務先で騒いでいた利用者の記憶が蘇る。同時に、彼らに注意できなかった自分の不甲斐なさまで思い出してしまい、詞織の顔がつい曇った。その表情を妖怪を相手にすることへの不安と理解したのか、カイルが心配そうに詞織を見つめる。

「何か気に病んでいることがあるのか？　もしマナーの悪い利用者がいるのなら言ってくれ。本姫様から与えてもらった館長代理の権限で言うことを聞かせられるから」

「あ、いえ、そういうことじゃないです。すみません、気を遣わせてしまって」

「そうなのか？　ならいいけれど、何かあったら言ってほしい。僕はまだまだ未熟な館長代理で、気が付かないところも多いけれど、詞織さんには気持ちよく働いてもらいたいから」

「ありがとうございます」

真面目な顔のカイルに笑みを返し、詞織は「館長代理さんは全然未熟なんかじゃないですよ」と言い足した。

それは詞織の偽らざる本音だった。

ここ数か月の間に、この館はずいぶん変わった。本は整理されて探しやすくなったし、延滞資料も順調に……とは言い難いが、一応は着々と回収されている。「あのろくでなしの内藤ビゴンドでさえも本を返した」という噂がいつの間にか広がったおかげで、延滞する妖怪には「ビゴンドより駄目な奴」という烙印が押されてしまうため、一声掛ければ簡単に返却か弁償をしてもらえるようになったのだ。また、落語会という定例イベントをきっかけに利用者も増えている。言うまでもなく、それらはひとえにカイルの手柄だ。

詞織のやったことと言えば、テキストを渡し、一般的な公共図書館の実情を教えただけ。それくらいなら別に詞織でなくとも事足りたはずであり、今となってはわたしがいなくても大丈夫だよね、とも詞織は思うようになっていた。

——不安なら、試用期間を設けましょう。半年……いや四か月。給与などの条件はもちろん正規雇用の時と同じです。ひとまずその期間だけ働いてみてはもらえませんか？　試用期間が終わった時点で改めて継続の確認をさせていただきますし、これは無理だと思ったら途中で辞退していただいても構いません。

面接の時のカイルの言葉を思い出す。早いもので、ここに勤めてもう三か月以上が経った。そろそろ正規雇用を希望するか、退職するかを決めるべき時期だけれど、カイルが何も聞いてこないこともあり、詞織は返事を先延ばしにしてしまっていた。

自分から持ち出してもいいのだが、最近はカイルとの会話自体が減っており、切り出すチャンスがなかなかない。いざ聞かれたとしても、どう返事すべきか決まっていないし……。相変わらず受け身な上に煮え切らない自分の不甲斐なさに、詞織の口から溜息が漏れた。

本姫図書館の仕事は好きだ。妖怪相手ということで色々苦労もあるけれど、職場環境は全然悪くないし、それに、こんなにやり甲斐のある職場は初めてだった。寄席に行った後のレストランで、自分の動機を――図書館という施設への思い入れを――しっかり確認できてからは、いっそう仕事に身が入るようになっており、詞織はそんな今の自分が嫌いではなかった。少なくとも、「司書資格を持っているし、今までその仕事しかしていなかったから」という、かなり消極的な理由で職を探していた頃の自分よりは。

ここで仕事を続けられたら、もっと変われるかもしれない、と詞織は思う。でも、そんなのは結局自分の都合に過ぎない。加えて、やっぱり自分は妖怪ではないわけで、場違い感は依然わだかまったままだし、それに……。

——何てことだ、こんなことが本姫様に知られてしまったら……！

青ざめた顔のカイルが漏らした声が、脳裏にしっかり蘇る。本来の館長である本姫は人間がここで働くことを許さないらしい。万一本姫に自分の素性がバレてしまった時にどうなるかは分からないが、カイルに迷惑を掛けたくはないし、自分の身だって守りたい。だったら今のうちに退職した方が、お互いのためになるのでは……？

と言うか、どうして聞かれないんだろう？　真面目な館長代理さんのことだから、忘れてるわけでもないだろうけど……。

と、そんなことを悶々と考えながら今日の落語会の記録を日誌に記入していると、おずおずと呼びかける声が耳に届いた。

「あの……」

「はい、こんばんは」

反射的に挨拶を返した後、詞織はカウンターの端に立っている男を見た。

見たところ年齢は四十代か五十代。頬のこけた顔立ちは、伸びた顎鬚(あごひげ)と相まって、どこか山羊を思わせた。痩せぎすの体にまとっているのはよれよれのグレーの着物一枚のみで、その全身は半透明で、後ろが透けて見えている。

幽霊か。この館では初めて見る人だな。そう推察した後、詞織は幽霊の存在をあっさり受け入れている自分に内心で苦笑し、半透明の男に問いかけた。

「貸出ですか？　ご返却ですか？」

「あ、いや、そうではないんですが……」

「何か本をお探しでしょうか」

「いや、そうでもなくて……その……」

この上なく不安そうな顔で、半透明の男がおどおどと視線を泳がせて語尾を濁す。詞織は気が弱い人のようだが、しかし用件が分からないと対応のしようもない。

「知ってる方ですか」とカイルに視線で尋ねたが、カイルは首を横に振った。仕方ないのでそのまま二人で男の言葉の続きを待っていると、男は震える手を玄関に向け、

「外に」とおぼつかない声を発した。

「外の……看板に、調べものを手伝ってくれる、と、書いてあったので……」

「ええ、承りますよ。何をお調べになりたいんです？」

詞織の隣に並んだカイルが問いかける。すると見慣れない利用者の男は、カイルと詞織を弱気な顔で何度か見比べた後、意を決したように口を開いた。

「……私は……誰なんでしょう？」

「え？」

予想外の質問に思わず目を細める詞織。ふざけているのかと一瞬思ってしまったが、

だが男は真剣な顔で続けた。

「私は……気が付いたら、夜の新宿を彷徨（さまよ）っていて……自分がどこの誰なのか……全然、全く、分からないんです……。覚えているのは、どことも、いつとも分からない、幾つかの光景くらいで……名前も、生まれた場所も、思い出せないんです」

「記憶喪失ということですか……？」

眉根を寄せたカイルが尋ねる。男は「それです」と即答し、切羽詰まった声で問いかけた。

「調べてほしいのは、それなんです……！　私は一体何者なんでしょう？」

＊＊＊

「背の高い建物、石敷きの広場、遠くに尖った塔……。何かを食べていたような記憶……。うーん、どれもやっぱり手がかりには弱いよね……」

「お疲れ様、詞織さん。例の彼の調べものの続きだろうか？」

カウンターで詞織がぶつぶつつぶやいていると、休憩を終えたカイルが戻ってきて尋ねた。詞織は、ええ、とうなずき、ペンを置いて溜息を吐いた。

自分が誰だか分からない記憶喪失の幽霊がやってきたのが一週間前のこと。男の記かったため、「調べておきます。何か分かればお伝えしますので、また来てください」と伝えて引き取ってもらわざるを得なかった。

男を送り出した後、本姫図書館の二人は顔を見合わせて考え込んだ。詞織は、似顔絵を張り出してみればと提案したのだが、カイルが言うには「妖怪の見た目、特に顔かたちは自己認識に左右される。思いや心構え一つで姿形は簡単に変わってしまうから、記憶が怪しい妖怪の外見は何の当てにもならない」とのことだった。

着物姿ということはおそらく古い霊だろうし、彼の記憶に見合った光景を探し出して絞り込めれば、その地にまつわる怪談や妖怪譚の中に彼の正体があるはず……ともカイルは言ったが、手元にあるのはあまりにも乏しい手がかりだけ。これでどうやって絞り込むのかはカイルには分からなかった。

それはもちろん詞織も同様ではあったし、そもそもこれは図書館の仕事なのだろうか、とも思ったけれど、あっさり諦めるつもりはなかった。

せっかく始めたレファレンスサービスを頼って来てくれた利用者を撥ね付けたくはないし、それに、人間の身で妖怪の図書館に勤め、妖怪の世界で働いてきた詞織には、よく分からない状況に放り込まれた時の不安は理解できる。絞り込みようがないのなら、しらみつぶしに当たればいい。と言うかそうする他はない。幸いこの館は、江戸時代以前の怪談や妖怪譚についての資料はやたら豊富だ。

と言うわけで、詞織は今日もカウンターに江戸時代の随筆集や怪談集、新宿あるいは東京一帯の伝説についての資料などを積み上げ、大学ノートにメモを取りながら、本のページを繰っているのであった。

カウンターの隅に置かれたメモ帳には、男のおぼろげな記憶を聞き取った内容が記されている。気が付いた時は背の高い箱に——これはビルのことだろう——囲まれていた。南の方に行ってみると森があった。出たり消えたりしているせいだろう、記憶が途切れがちなので、最初にどこで目が覚めたのかは分からない。昔は高いところにいたような気がする。何かを食べていた気もする……。

何とも漠然としたそれらのメモに詞織が眉根を寄せていると、隣に座ったカイルが溜息を吐いた。

「調べ始めてもう一週間か……。任せてしまった僕が言うのも何だけれど、これだけかけても何も分からないなら——」

「すみません。でも、もうちょっと調べさせてください」

カイルの言葉に被せるように詞織は言い切った。詞織の性格的にここまで熱心になることはあまりなかったが、自分がこうなっている理由は何となく自覚できていた。

記憶喪失の幽霊への同情が一番なのはもちろんだ。しかし、それに加えて、自分もこの図書館のスタッフであり、役に立つ存在なんだということを管理職のカイルに見せたい気持ちが自分の中にあることに、詞織はぼんやり気付いていた。

本姫図書館の仕事には慣れてきたし、モチベーションも思い出せたし、やり甲斐だってあるけれど、自分は本当にここで役に立っているかどうか不安なのだ。言ってしまえば、自分に自信が持てないから、カイルという他者の視点から評価されることで安心したいわけで……。

駄目だ。考えすぎると情けなくなる。やめよう。詞織は自己分析を中断し、寄贈図書の受け入れ作業を始めたカイルに言った。

「あの方、また来週来るって言っておられましたし、だったらそろそろ来られる頃ですよね。せめて何か手がかりだけでも示せればいいんですが」

「手がかり？」

「はい。この『南に行ったら森があった』というのは、多分、新宿御苑のことだと思うんですよ。ということは、最初に気が付いたのは新宿一丁目か二丁目かなと」

「つまり、そのあたりに根付いた伝説なり怪談なりが彼の正体だと……？　しかしそれだけでは絞れないだろう。例の奪衣婆をはじめ、あのあたりは妖怪譚が多い」

「なので考え方を変えて、あの一帯に伝わる有名な伝承をとりあえずリストアップしてみたんです。江戸時代以前に生まれた方なら、そのうちのどれかに心当たりがあるかもしれないでしょう？　『この人を知ってる気がする』ってことになったら、その当人に話を聞いてみれば何か分かるかも」

一丁目から二丁目にかけての怪談奇談を羅列したノートを示して詞織が語る。カイルは興味深げに耳を傾けていたが、なぜか次第に顔を曇らせ、ふいに視線を上げて詞織を見た。

「――詞織さん。君はとても仕事熱心で、そして親切な人だと思う」

「はいっ？　あ、ありがとうございます……。どうしたんです、出し抜けに」

「その親切さは得難い資質だ。しかし……妖怪に関しては、それが仇になることもあるんだ」

「……どういうことです？」

不可解な顔で詞織が首を傾げる。見返されたカイルは「前にも少し話したが」と前置きし、いつも以上に真面目な顔で続けた。

「この時代、意思疎通が不可能で他者との共存が困難だったり、存在そのものが災厄をもたらすような危険な妖怪は、既に淘汰されて消えている。しかし、これも以前話したように、妖怪は完全に死ぬということはない。いなくなったはずの妖怪が何かの拍子にふっと復活することもある」

「そのお話は覚えていますけど、どうしてそんな話を今？　……あっ、もしかして館長代理さん、あの記憶喪失の幽霊さんが危ない妖怪だって言いたいんですか？　だから記憶喪失のままにしておけって……？」

「――断言するわけじゃない。何の根拠もないし、彼に対してひどいことを言っているのも分かっている。ただ、どうも嫌な予感がするのも確かで……」

言いづらそうに首を振り、カイルがそっと目を逸らす。詞織は思わず反論しようとしたが、その時、玄関のドアが開いた。あの幽霊がまた来たのだろうか？　詞織とカイルが同時に玄関に顔を向けると、入ってきたのは矍鑠(かくしゃく)とした白髪の女性だった。

「こんばんは、良い夜ね」

気さくな声を掛けて上がってきたのは、早稲田にある大学で政治史を教える教授であり、松の木の精霊でもある高田マツだった。高田はスリッパに履き替えた後、靴箱の隣に設けられた館内案内図に気付き、あら、と嬉しそうな声をあげた。

「こんなありがたいものもできたの？　棚にもジャンル名が書かれて前より探しやすくなったし、ジャンルごとに整理もされたし……最近頑張っているわね、カイル君」

「ありがとうございます。ですが、僕はまだまだ至らない身で……」

「そんなことないです。館長代理さん、すごく頑張っておられると思いますよ」

謙遜するカイルを詞織が褒める。高田は「そうよねえ」と上品に共感し、館内をぐるりと見回して言い足した。

「あと、蔵書検索システムとネット予約サービスがあると、なおいいのだけれど」

「申し訳ありません。この館そもそもパソコンがないですし、蔵書を全部登録しようと思うと、どれだけ掛かるか分からないので……お探しの本があれば言ってください。目録カードで探すことはできますし」

「作者やタイトルが分からない場合は、覚えている範囲であれば案内いたします」

恐縮する詞織の隣でカイルがうなずく。それを聞いた高田はカウンターに歩み寄り、近世北陸の庄屋制度の実態についての資料を探していると告げた。

「明治から大正にかけての貴族院の議員の選出方法について書かれたものも、所蔵があれば見たいのだけれど……。分かるかしら、司書さん？」

「す、すみません……。わたしはまだそこまで蔵書を把握できていなくて、館長代理さん、お願いします」

「分かった。ご期待通りの資料かどうかはともかく、そのあたりの内容を扱った本は何冊かあったはずだから――高田先生、僕がご案内します」

戸惑う詞織に丁寧な口調で応じた後、カイルはカウンターを出て高田に告げた。こちらです、と先導しながらカイルが開架室の奥へと進んでいくと、その後に続く高田はカウンターを振り返り、ほっこりした笑みを浮かべて言った。

「あの新人の子も、頑張っているわね……。ああ、もちろんカイル君が真面目に館長代理を務めていたことも知っているけれど、彼女が来てからのこの数か月の間で、この図書館はずいぶん使いやすくなったもの。来ている人も増えたみたいだし」

「恐縮です。もっとも、今の来館者は高田先生だけですが」

「そういう時間もあるわよ。館が良くなっているのは、カイル君が一番分かっているでしょう？　それがあの子のおかげだということも。顔に書いてあるもの」

「……そうですね。彼女はとてもよくやってくれています」

高田の温かなコメントに、カイルはしっかりとうなずき、その上で「本当に」と付け足した。

実際、高田の言う通りだとカイルは思っていた。

詞織は、館の使い勝手が改善されたのも利用者が増えたのも全てカイルの頑張りの賜物だと思っている節があるが、そんなことは全くない、というのがカイルの実感だった。ど素人の館長代理による運営が曲がりなりにも上手くいきつつあるのは、経験者の詞織が来て、しっかり支えてくれているからこそだ。

そのことへの感謝はちゃんと伝えなければ……とカイルは常々思っていたが、面と向かって言うのはどうも恥ずかしいし、その話題を切り出すタイミングもないため、結局言えないまま今に至ってしまっていた。

そもそも最近は詞織との会話自体が減っている。前はもっと色々話していたのだが、聞きたいことは既に一通り聞いたし、テキストまで譲ってもらってしまった以上、「一般的な図書館ではどうなっているんだ」「こういう場合はどうなんだ」などといちいち聞くのもなんだか申し訳ない。詞織もここの仕事を大体覚えたので、質問される回数も減っており、結果、言葉を交わす機会が少なくなっていた。

詞織の試用期間はもうすぐ終わる。それまでに正規雇用を希望するか退職かを詞織に確認しなければならないのだが、それすらもカイルはまだ聞けていなかった。

聞けない理由は簡単だ。「辞めます」と言われるのが怖いのである。そう言われた時、どう対応していいか分からないから……。

無論、詞織と仕事をするのは楽しいし刺激的である。詞織のことも尊敬しているし、だから続けてほしいとも思っている。

だが、とカイルは自分に言い聞かせた。

彼女はやはり人間だ。妖怪の世界で、妖怪のルールに合わせて働くために、相当無理をしていることは想像に難くない。彼女に負担が掛かっているなら引き留めるべきではないだろう。人間を雇ってしまったことが本来の館長である本姫にバレたら大変だという危惧もある。

加えて、先ほど話して改めて実感したが、詞織は――あの善良な人間の図書館司書は――妖怪の本質的な厄介さをやはり理解していない。詞織がここで働き続けると、彼女の身に、もしくはそれ以外の誰かに、何か良くないことが起きてしまうような……そんな不安が、カイルはどうしても拭えなかった。このままだといずれ……。

「カイル君？」

「えっ」

「どうしたの？　ずいぶん怖い顔になっていたけれど」

「すみません。少し考え事をしてしまって……。お探しの本ですが、まず近世の北陸の庄屋制度についての資料は、このあたりに記録が――」

不安な顔の高田に謝り、カイルは地方誌のコーナーの前で足を止めて説明した。カイルが紹介した何冊かの和綴じの本に、高田がざっと目を通していく。高田の確認が終わるのを待っていると、書架の奥、玄関の方角から、ぎいっ、と扉がきしむ音が聞こえた。続いて「あの……こんばんは」というくぐもった声も。

あの陰気な声には聞き覚えがある、とカイルは思った。例の記憶喪失の幽霊だ。程なくして「お待ちしていました」と詞織の伸びやかな声が応じ、何やら話し合う声が聞こえてくる。

詞織が調査の成果を示して説明しているのだろう。さっきは詞織を案じてあんな風に言ってしまったし、不安があるのも事実だが、カイルとしても、彼の記憶が戻って丸く収まるならそれに越したことはない。どうかこの予感が杞憂であってくれますように。そうカイルが祈ったその時、ふいに、書架の向こうから野太い大声が轟いた。

「思い……出したあ……！」

口調もボリュームも全く違ったが、声質はあの記憶喪失の幽霊のものだ。

カイルは反射的に、見えないと知りながらもカウンターの方へ顔を向けていた。いきなりの大声に、傍らで本を開いていた高田がびくっと震える。

「な、何？」

「僕にも分かりませんが——」

「うわーっはっはっはっはっはっはあああああ！」

高田とカイルのやり取りに押し入るように、本棚の向こうから再度大声が——今度は、芝居がかった笑い声が響いた。同時に、フラッシュを焚いたような閃光が本棚の向こうで炸裂する。その大笑とまばゆい光に、ぞくり、とカイルの背筋が震えた。

「すみません、失礼します！」

驚く高田に断り、カイルは慌ててカウンターへ向かった。

図書館長代理が利用者をないがしろにするのも館内を走るのもあってはならない事態だが、職員の危険には代えられない。

だが、駆け戻ったカウンターでは、詞織が真っ青な顔で目を丸くしているだけで、あの陰気な幽霊の姿はどこにもなかった。ひとまず詞織が無事そうなことにカイルは胸を撫で下ろした。

「詞織さん？」

「あ、館長代理さん……」

「大丈夫か？」

「え？　わ、わたしは大丈夫です……。でも、あの方が……」

詞織の震える指がカウンターの向かい側を指さし、震える声が「消えちゃったんです」と告げた。カウンターの天板の上には、あの幽霊への説明に使っていたのだろう、詞織の手書きのノートが広げられている。消えた？　一体どういうことだ？　カイルは眼鏡の奥の目を細め、カウンター越しに詞織に向き直った。

「困惑しているのは分かるが、何があったのか順を追って説明してくれるか」

「は、はい……！　わたし、さっき館長代理さんに言ったように、新宿一丁目と二丁目の有名な妖怪を順番に説明していったんです……。資料を見せながら、この人は知りませんか、この人に心当たりはないですか、って……」

「彼はどういう反応を？」

「途中までは黙って聞かれていたんですが……ある伝説を聞いた途端、急に目をぐわっと見開いて『それだ』って……大声で『思い出した』って……！　その後、目がカッと光ったかと思うと、消えちゃったんです」

「さっきの光は彼の眼光だったわけか……？　それで、一体彼はどの伝説に反応したんだ。彼は何者だったんだ」

嫌な予感がこの上なく募るのを感じながら、カイルは声を抑えて詞織に尋ねた。真剣なまなざしを向けられた詞織は青白い顔のまま、ノートの上のある項目を指さし、その文字列を読み上げた。

「付紐閻魔（つけひも）……です」

「付紐閻魔？」

「付紐閻魔ですって？」

息を呑むカイルの声に、高田の声が重なった。カイルと詞織が思わずそちらを向くと、いつの間にかカウンターの近くに来ていた高田は眉をひそめて二人に歩み寄り、深刻な顔で口を開いた。

「割り込んでしまってごめんなさい。尋常ではない雰囲気だったもので気になって……それよりも、今、付紐閻魔と言ったけれど……付紐閻魔と言ったら、あの？」

「他に付紐閻魔はいないでしょう。近世の新宿を代表する伝説。太宗寺の閻魔像および、あの像にまつわる一連の怪異の総称です」

高田の問いかけにカイルが応じる。腕を組んだカイルは、そうだね、と詞織に視線で確認し、詞織がうなずくのを見ながらさらに口早に言葉を重ねた。

「泣き止まない子は閻魔様に食べさせてしまうぞ、と乳母が言ったのを聞いて、赤ん坊を一口で平らげてしまった閻魔像……。付紐閻魔の名は、像の大きく開いた口元に、食べられた子供の着物の紐だけが残っていたことに由来する。他にも、難病の子供を救ってくれるよう願を掛けたにもかかわらず、結局子供を失ってしまった父親が像の水晶製の目玉を盗もうとした際は、目から凄まじい光を放って気絶させたという話もあったかと。子供のしつけに使われた、純粋に畏怖と恐怖をもたらす存在。仏教や道教における冥界の裁判官である閻魔大王の属性の中で、ただただ恐ろしい部分だけが抽出された怪異……。それが付紐閻魔です」

「そうよね……。私も実際に見たことはないけれど、噂は何度も聞いたことがあるわ。あれはとにかく怖いし危ない、かかわっちゃいけない、って。信仰が薄れたからか、新宿から姿を消して久しかったはずだけれど——その彼が、今までここにいたというの？」

「記憶を失った状態で復活していたようです。自分が誰だか分からなかったから、力も戻っていなかった。ですが——」

「わたしが……手がかりを……正体を教えてしまった……」

苦渋するカイルが言葉を濁した後を受け、詞織が震える声を漏らした。その顔は依然——いや、カイルが駆け付けた時よりもいっそう——青白かった。立ち上がることすらできないのだろう、椅子に座り込んだまま、詞織はカイルをおろおろと見上げた。

「ど、どうしましょう……？　わたし、とんでもないことを……！　館長代理さんは忠告してくれたのに」

「落ち着いて。詞織さんは司書の仕事をしただけだ。君は何も悪くない」

「で、でも……このままじゃ危ないわけですよね？」

「彼を野放しにすると何をするか分からないのは確かね」

そう言って顔をしかめたのは高田だった。そんな、と詞織が再び息を呑み、カイルが青ざめた顔で言う。

「おそらくいきなり人を襲うことはない。と言うか、それは不可能だ。記憶が戻ったとは言え、実体までは取り戻してはいないはずだから。そうだろう、詞織さん？」

「え？　はっ、はい……。『思い出した』って言った後も半透明なままでした」

「よし。今、彼の中には付紐閻魔としての——人々を畏怖させる存在としての本能がうずまいているはずだ。それを満たすために彼がやることは……」

「元の体に戻ろうとするはずよ。閻魔大王の像に。あの閻魔像のサイズは五・五メートルもある。動き出したら大変よ」

考え込んだカイルの問いかけを高田が受ける。その回答にカイルは詞織と顔を見合わせ、そして高田に向き直った。カイルが「すみません」と頭を下げる。

「今日は臨時休館にさせてください」

「分かったわ。……どうか気を付けて」

「はい、ありがとうございます！　詞織さんは危険なのでここに隠れて」

「いいえ」

カイルの言葉を詞織はとっさに遮っていた。気遣ってくれるのは嬉しいし、自分が行って何ができるのだとも思うし、正直怖い。だが、カイルだけを危険にさらすのは、それは絶対に嫌だし、駄目だと詞織は思った。これは自分の蒔いてしまった種なのだ。詞織にカウンターの天板に手を突いてぐっと立ち上がり、強く短く息を吸うと、カイルを見つめて口を開いた。

「わたしも行きます」

＊＊＊

付紐閻魔伝説で知られる閻魔像の安置されている太宗寺は、バーやクラブのひしめき合う新宿二丁目の片隅の、少し静かな区画に位置している。四方をビルに囲まれたコンクリート敷きの境内は、伽藍や本堂が同心円状に配置された独特の構造と相まって、都会的な落ち着いた空気を漂わせていたが、詞織とカイルにとっては今はまったくもってそれどころではなかった。

　図書館用のエプロン姿のまま駆け付けた二人は、とりあえず汗を拭った。七月中旬の新宿は深夜でもなおじっとりと蒸し暑い。半袖のブラウスが肌に張り付く気持ち悪さに耐えながら、詞織は無理矢理呼吸を整え、カイルとともに、鉄柵の向こう、静まりかえった境内の奥に佇む閻魔堂に視線を向けた。

　ごくり、と詞織が息を呑む。自分には感知できないが、先ほど図書館から消えた幽霊は、あの中にある巨大な像に一体化しつつあるはずなのだ。建物が壊れていないので、まだ暴れ出してはいないようだが……。

「館長代理さん。やっぱり、いますか」

「いや」

「え？」

　カイルの返した短い答に、詞織は思わず横を見た。今「いや」って言いました？と、鼻をひくひくさせて気配を探っていたカイルは、気持ちは分かりますと言いたげにうなずき、再度境内へ眼鏡越しの視線を向けた。

「あの記憶喪失の幽霊……いや、付紐閻魔の気配は覚えているが、ここには全くその匂いがないんだ。閻魔像には確実に何も入っていない」

「そ、そうなんですか？　ですけど館長代理さん、ずっと『こっちに向かってる』っ

「ああ。気配はこちらへ間違いなく続いていた。それは確かなのだけど……」

困惑したカイルがあたりを見回す。その時、ふと詞織の脳裏に、以前、落語家のタンニから聞いた言葉が蘇った。

——体を失った霊体にとって、生前の自身と似た属性、同じ種族の体は心地いいらしいしね。

そうか、と詞織は息を呑んだ。

「あの、館長代理さん。もしかしてですけど……付紐閻魔さんがここにいないなら、別の何かに取り憑いたんじゃないでしょうか？」

「別の……？　閻魔像以外の憑依先を見つけた、と？　一般的な幽霊や狐の霊ならあり得る話だが、人間や狐ならともかく、野良の閻魔大王なんているだろうか？」

「……いないですね、それは」

あっさり納得してしまう詞織である。もしかしてこのあたりに他に閻魔大王像があるのかも、とも思ったが、そう尋ねられたカイルはあっさり首を横に振った。

「そんな像の存在は聞いたことがない。それに、像から生まれた怪異が憑依先として選ぶのであれば、大事なのは媒体の素性ではなく、その像に仮託された伝説、言い換えれば物語性だ。目を光らせ、歯をむき出し、大衆に畏怖と恐怖を与えることで知られた像なんて、そうそうあるものではないだろうし……ん？」

あたりを見回していたカイルが、ふいにぴたりと静止した。尖った鼻が小さく動き、どういうことだ、と声が漏れる。

「どうしたんです？　匂いが残ってたんですか？」

「ああ。微かだが間違いない。まだずっと西へと続いている」

「新宿駅の方へ行ったってことですか……？」

「そのようだ。しかし……」

首を傾げながら詞織に向き直ったカイルが「なぜだろう」と視線で問いかける。そんなことを聞かれても詞織に分かるわけがない。二人は顔を見合わせて首を捻った後、とりあえず匂いの続く先へ向かってみることにした。

太宗寺からさらに西へ進むと歌舞伎町へ辿り着く。東京どころか日本屈指の大歓楽街は、もう真夜中を過ぎたというのに、賑やかかつきらびやかで、看板の激しい光と酒の匂い、それに酔客の唸りと熱気で満ちている。太宗寺の周りも充分蒸し暑かったが、人出の多い歓楽街は湿度も気温もなお高く、カイルは首元の汗をハンドタオルでごしごしと拭った。

客引きなどに呼び止められると面倒だな……と詞織は思っていたのだが、深夜に図書館用のエプロン姿で歩いている男女二人は歌舞伎町でも浮いて見えたようで、遠巻きに眺められ、怪しまれ、笑われることはあっても、声を掛けられはしなかった。ちょっと――かなり――恥ずかしいものの、結果オーライということにしておこう。

「どうです？」

した。自分で自分を説得しつつ、詞織はカイルに問いかける。

「……駄目だ。ここは気配も匂いも多すぎて……彼の気配が紛れてしまった」

「えっ？　そんな、ここまで来て――」

「おーう！　誰かと思ったら図書館のお二人さんじゃないの！」

絶句する詞織だったが、そこに空気を読まない明るい声が割り込んだ。

気さくに呼びかけてきたのは、三十代のアロハ姿の男性だった。深夜だというのにサングラスを掛けており、首や腕には派手なアクセサリーをジャラジャラとぶら下げ、羽織ったアロハには絶妙に可愛くない招き猫が無数にプリントされている。

酒好きの遊び人で内藤新宿出身の化け猫である内藤ビゴンドは、詞織たちの服装をまじまじと見つめて「プロ意識だねえ！」と褒めた後、カイルに笑いかけた。

「よう青年！　俺の譲ってやったシャツ着てる？」

「一回も着ていませんし着る予定もありません。お返ししたいんですが、会う機会がなかったので……と言うか、出歩いていていいんですか？」

「そ、そうですよ！　借金取りに見つかったら今度こそ」

「何だ、俺のこと心配してくれてるのかい？　安心しな。ちょっと前に博打で勝ちまくってよ、借金全部返してやったんだ。今はすっかり綺麗な身よ。……で、お二人さんはこんなところで何を？　逢引き？」

　自慢げに胸を張った後、内藤は首を大きく傾げて尋ねた。答えるまで解放してくれそうにもなかったので、カイルは簡潔に事情を説明し、駄目元で「こういう像の心当たりはないですか」と質問してみた。と、内藤は一瞬きょとんを目を瞬き、けろりと首を縦に振った。

「あるよ」

「ですよね。そんな像がそうそうあちこちにあるわけが……え？」

「あ、あるんですか……？」

「おうよ。あれだろ？　目玉光らせて歯ぁむき出して、キャーコワイって思われてるやつだろ？　このあたりでそんな像って言ったら、そりゃ、あれだろ。あの首」

　そう言って内藤は顔を上げ、はるか頭上を指さした。思わずその指先を視線で追うカイルと詞織。

　二人が見つめた先、色とりどりの看板が並ぶ通りの突き当たりのその向こう、五十メートル級の高層ビルの上にあったのは、映画でおなじみの爬虫類じみた怪獣の首であった。

片手だけをビルの屋上に掛け、大きな目をぎょろりと見開き、牙の生えた口を開けている。

ああ、なるほど、と詞織は納得した。確かに、歌舞伎町で今言った条件に当てはまる像と言えばあの怪獣だ。像そのものも、そのモチーフの怪獣も、詞織でも知っているくらい有名なわけだし。

「ですけど……あれは違いますよね」

「ああ。さすがに——」

さすがにそれはないだろう。そうカイルが言いかけた時だった。

怪獣の目が、ぎょろりと動いた。

黄色に縁どられた巨大な黒目が、地上のカイルたちをまっすぐ見据える。予想外の光景に、詞織は「え」と声を漏らし、ぱちぱちと目を瞬いた。

「……館長代理さん、今」

「まさか……。いや、そんな馬鹿な……」

思わず目の前の光景を否定しようとするカイルだったが、その矢先、駄目押しのように、怪獣の開いたままの口元がにたりと歪み——そして、鳴いた。

「ギャアアアアアアアアアアアアアアアアアアアアアアアアオウ！」

映画とそっくり同じ咆哮が、真夜中の歌舞伎町を揺るがせる。

自分はここにいるぞ、と主張するような重々しく激しい鳴き声に、詞織とカイルは全く同時に息を呑み、顔を見合わせた。

閻魔像のサイズは五・五メートルもあるから動き出したら大変だ。そう高田は言っていたが、高さ五十メートル以上に位置する実物大の怪獣の首に取り憑いたとなると……想定される被害はざっと見ても十倍近い！

「で、でも、どうしてあの像に……？　閻魔大王じゃないですよ、あれ！」

「説明できなくもない……。江戸時代には広く知られ、恐れられていた閻魔大王像も、現代ではその知名度は当時ほどではない。今の新宿で、周知の、そして畏怖を与える像となると、あれになるんだ……！　ビゴンドさん、早くここから離れ――あれ？」

我に返ったカイルが振り向いて呼びかけたが、アロハの化け猫の姿はもう既に視界のどこにもなかった。どうやらとっくに逃げたらしい。カイルは盛大な溜息を吐き、怪獣の首を掲げたビルに向かって走り出す。詞織は慌てて後に続いた。

「ほら！　またこっち見た！」

「まじ？　こんな時間に動くの？」

「昼にやれや。うるせえし」

「つうかあれ、今まで目なんか動いたっけ？　何かおかしくね？」

深夜の街を行き交う人々が足を止めて怪獣を見上げ、訝しげに言葉を交わす。そんな群衆の中を、詞織はカイルについて走りながら不安な声を発した。

「あれ、閻魔大王というよりもう怪獣になっちゃってません……？　映画みたいな声で鳴いてますし……」

「無理もない。付紐閻魔は、記憶を取り戻したとは言え、まだ半透明の希薄な状態。自分と属性の似た像を見つけて取り憑いてみたものの、像そのものが持つ物語性に負けてしまったんだろう。今の彼はもう付紐閻魔ではなく、あの怪獣だと考えた方がいいのかもしれない」

「そんな……！　じゃあ、このまま放っておくと……映画みたいに暴れるってことですか……？」

「あの像には首から上と片手しかないからそれは無理だろう。下半身があったらまずかったけれど……」

息を呑む詞織の言葉をカイルがすかさず否定する。そうか、言われてみれば確かに。ほっと安堵しかける詞織だったが、カイルは「だが」と深刻な声で続けた。

「……詞織さんも知っての通り、あの怪獣は口から破壊光線を吐く」

「あーっ確かに！　と、ということは、もうすぐ……ビームを……？」

「可能性は高い」

　短く言い切るカイルである。あの怪獣の吐く光線の威力なら、詞織もテレビでやっていた映画で見たので知っている。真っ青になって絶句する詞織をちらりと見返し、カイルは怪獣を頂くビルの脇の路地へと駆け込みながら言葉を重ねた。

「光線を発射するとなると、狙われるのはおそらく西新宿の副都心だ。西新宿は開発の遅かった地域だから伝承こそ少ないが、二十世紀になって建設された高層ビル街は、多くのフィクションの舞台になっている……。あの怪獣にとっても馴染み深い土地であり、特に、都庁は、一度敗れた因縁の場所だったはずだ」

「だからそこを狙うと……？」

「おそらく」

「と、止められるんですか？」

「光線を吐くまでに付紐閻魔を引きはがせれば、あるいは――」

　詞織がすがるような視線を向けた先で、カイルは語尾を濁して黙り込んだ。具体的にどうやって引きはがすのか、その成功率がどれくらいあるのか、詞織はそれを知りたかったが、結局、尋ねることはしなかった。

　カイルが言わないということはつまり、そういうこと――相当に難しいということなのだろう。絶望に心を塗りつぶされそうになりながら、詞織は「すみません」と声を絞り出していた。

「ほんとにすみません……！　わたしのせいで、こんなことに……！　わたし、役に立たないどころか――」

「違う」

カイルの鋭い一声が詞織の謝罪を断ち切った。え、と顔を上げた先で、カイルは「そんなことはない」とだけ言い足し、目の前にあるビルの非常階段を見上げた。

「この上か」

階段の入り口付近は壁で覆われ、ドアにも鍵が掛かっている。だが、カイルは迷うことなく猫の姿になり、二階部分まで駆け上って非常階段へと飛び込んだ。詞織が待つこと数秒の後、人の姿に戻ったカイルが内側から鍵を開けた。

「ピギャアアアアアアアアアアアアアアアアアアアアッ！」

屋上からは数度目の咆哮が響き、ビル全体を揺るがせている。明らかにさっきまでより強く激しくなっている鳴き声に、カイルは眉をひそめたが、何もコメントしようとはせず、ただ詞織に「急ごう」とだけ告げた。

＊＊＊

「ひっ……！」

階段を駆け上り、怪獣の首が設置された屋上に出るなり、詞織の呼吸が停止した。

一抱えほどもある目玉がぎろりと動き、詞織とカイルを睥睨する。

ただ大きくて強そうで厳めしいだけ、というのは、こんなにも怖いものなのか。

絶句し、立ちすくむ詞織の眼前で、巨大な首がぎしぎしと動いた。その身じろぎに合わせ、像を固定している土台に細いヒビが刻まれる。

……動き出そうとしている！

って、だったら止めないと！　恐怖心に飲み込まれそうな自分を叱りつけ、息を吸って足を踏ん張る。踏ん張りの利く靴を履いておいて良かったと改めて思いながら、詞織は隣のカイルを見た。

「館長代理さん！」

「これは――無理だ」

カイルの端的な回答が、詞織の呼びかけを遮った。

え？　今、何て……？

詞織が思わず見つめた先で、うら若い化け猫の館長代理は、整った横顔に苦渋の色を滲ませながら、首を小さく左右に振った。

「近くで一目見た瞬間に理解できた。この像に取り憑いた付紐閻魔は今、完全に怪獣の持つ物語に支配されている。付紐閻魔の持つ『格』――いわば妖怪としてのポテンシャルが、怪獣のそれと一体化し、上書きされてしまっている。こうなるともう僕程度ではどうにもならない……！」

「え？　う、嘘ですよね……？　何かこう、方法が」

「……ない。残念だ。人間である詞織さんには分からないだろうけれど、こんなにも凄まじい妖気の圧は初めてだ……！　若輩者の妖怪である僕は、ここに立っているのが精一杯で、人の姿への変化を保つことすら難しい。おそらく、館長代理委任状がなければ、たちどころに猫の姿に戻ってしまっている……」

悔しそうに拳を握り締め、カイルは「くそっ」と小声で悪態を吐いた。そんな、と言葉を失う詞織。と、絶望する二人に見せつけるように、怪獣の半開きになった口の中から、青白い光が漏れ始めた。ぱちぱちと細かな稲妻が尖った牙にまとわりつき、喉の奥に濃密な光が充填されていく。

「こ、光線を吐くつもりですよ！　どうしましょう？　どうなるんです？」

「おそらくだが、映画通りの破壊力なら土台のビルが耐えられずに崩壊するはずだ。光線は斜め上の上空に向かって発射されることになるだろうから、被害はそれほど出ないとは思う」

「そ、そうか。そうですよね！」

「……だが、ビルの崩壊は避けられないだろう。深夜だから人は少ないだろうし、残っていたとしても、異変を感じて避難してくれているはずだと信じたい……。ただ、僕らがここから逃げるのは間に合わないだろうけど」

心底申し訳なさそうな声でカイルが告げる。その宣告を聞くなり、詞織は大きく息を呑み、そしてカイルに向き直って勢いよく頭を下げていた。

「ごめんなさいっ……！」

「詞織さん？」

「本当にごめんなさい……！　わたしが余計なことをしたせいで」

「……ない」

「館長代理さんは頑張ってるのに、図書館も良くなってきたのに……なのにわたし、ほんとに役に立たないどころか、足を引っ張って――」

「そんなことはない！」

唐突なカイルの怒声が、詞織の謝罪を打ち消した。

カイルがこんな風に怒鳴るのは詞織の知る限り初めてだ。思わず口をつぐんだ詞織の前で、上司であり雇用主であり同僚であり化け猫である青年は、詞織をまっすぐ見つめて距離を詰め、意を決したように口を開いた。

「図書館員が相談に応じるのは当然だ。困っている人を助けたいと思うのはあなたの美徳だ！　恥じることでは決してないし、ましてや謝ることじゃない。そもそも僕もこんな事態は全く想定していなかった。責任を問われるべきは僕だ。詞織さんではなく！」

「館長代理……さん？」

「聞いてほしい。あなたは僕が頑張っていると言ってくれたが、僕に言わせれば、全部詞織さんのおかげだ……！　詞織さんは、慣れないし勝手も分からない状況から逃げることなく、僕が何を尋ねても、こんなことも知らないのかと笑ったりせず教えてくれた。何度も相談にも乗ってくれた……！　もし図書館が、いや、僕自身が成長できたのなら、変えてくれたのは君なんだ！　それに、優しく撫でてもくれたし……だから、僕は本当に感謝している。尊敬している……！」

振り絞るようなまっすぐな言葉が、真正面、目と鼻の至近距離から詞織に叩きつけられる。

カイルの後ろでは怪獣の口に充填された青白い光が溢れそうになっており、もう今にも光線が放たれそうな勢いだ。その光を背負ったカイルを、詞織は見返し——自分でも驚いたことに——くすり、と笑みを浮かべていた。

もう後がないと分かってしまうと、案外笑えるものらしい。

「……そんな風に思ってくださってたなんて、全然知りませんでした」

「申し訳ない。ずっと言えなかったんだ。……照れ臭くて」

カイルが恥ずかしげに頬を掻き、苦笑した。初めて見るカイルの苦笑いに詞織は驚き、ふっと笑顔で見返した。

同時に詞織は、仕事を続けるかどうか最後まで聞かれなかったな、とふと思い、そしてこの期に及んでそんなことを思う自分に呆れた。受け身で消極的で押しに弱い自分が嫌だったのなら、カイルが成長したように、自分も変わるしかない。そんなことは分かっていたはずなのに、いつかそうなればいいなと思っていただけで、結局わたしは——と、自己嫌悪した、その時だった。

視界の隅に白くて細長いものがあることに、詞織は気付いた。カイルの胸元の、エプロンに半分隠れた胸ポケットの中から飛び出した組紐である。

組紐？　ということは、これは確か——。

次の瞬間。詞織は大きく息を呑み、目を見開き、カイルに掴みかかっていた。

「すみません館長代理さん！」

「な、何だ？　どうした詞織さ」

「これお借りします！」

たじろぐカイルの言葉を遮りながら、詞織はその胸元に手を伸ばした。胸ポケットの組紐を掴んで、その先にある紫色のお守り袋、即ち、本姫図書館の館長代理委任状を引っ張り出すと、目の前のカイルの姿がポンと弾け、きつね色の猫が床の上に転がった。

本性に戻ってしまったカイルが「ニャッ？」と困惑する。委任状の力でどうにか変化を保っていたところを、力の源を奪われたことで猫に戻ってしまったらしい。詞織の予想外の行動に、カイルは目を見開いて問いかけた。

「一体何を？」

「説明は後です！」

お守り袋を握り締め、詞織は怪獣に向き合った。

――墓地の経蔵では収まらないほどに所蔵資料が増えたため、本姫様はこの建物をご自身のお力で造られ、その上で、この隠世に移転されたと聞いています。

――委任状は、持ち主の格を底上げし、本姫図書館の管理者の資格を与えてくれるが、決して万能ではない。図書館長として他者の行動を制限するような力を使えるのは、図書館の中に限られる。

カイルから聞いた言葉を思い出す。だったら、おそらく、多分、行けるはず！　だよね！　胸の内で自問自答し、詞織は息を吸い、そして叫んだ。

「館長代理の権限で命じます！　新宿本姫図書館を今すぐここに――この屋上に移転します！」

そう宣言した瞬間、周囲の光景が一変した。

うすぼんやりとした灯りの下、等間隔で整列した本棚が——見慣れた本姫図書館の開架室が、詞織とカイル、怪獣の首とを包み込む。

「本姫図書館をここに持ってきたのか？」

「ええ！」

戸惑うカイルに短く答え、よし、と詞織はうなずいた。

詞織とカイルは床の上に立っているが、怪獣の首は床を突き破っている。そのため、多くの本棚が将棋倒しに倒壊し、資料がぶちまけられてしまったが、それはこの際仕方ない。

一方、怪獣の方は、あたりの様子がいきなり変わったことに一瞬たじろぎ、口の中の光を薄れさせたものの、すぐそこにいる人間の仕業だと気付いたようで、大きな目を詞織へと向け、威嚇するように吠えた。

「ピギャアアアアアアアアアアアアアアアアアアアアアッ」

もう少しで新宿の街に向かって破壊光線を撃てたのに、無粋な真似をしやがって！

そう訴えるような苛立たしげな咆哮が、本姫図書館の開架室を震わせる。

「ニャッ！」

威圧されたカイルがびくっ、と怯える。詞織は猫の姿のカイルを拾い上げ、しっかり胸に抱きかかえると、怪獣の前へと移動した。再び光線が充填されていく牙だらけの巨大な口の正面に立つと、威圧感に満ちた双眸(そうぼう)が詞織を見据えた。

――もし図書館が、いや、僕自身が成長できたのなら、変えてくれたのは君なんだ！

ついさっきカイルが投げかけてくれた言葉を思い出し、詞織は自分の五十倍近いサイズの顔を睨み返した。

そうだ、と心の中で声が響く。カイルが変わったのなら、カイルを変えることができたなら、自分だって変われるはずだ。「どうしましょう」って狼狽(うろた)えているだけで、優柔不断で受け身で消極的で流されやすい自分から、どうにかできる自分に変われるはずだ！　いつか、ではなく、今ここで……！

覚悟を決めて腹をくくり、詞織は館長代理委任状の入ったお守り袋を握り締めた。その胸に抱かれたまま困惑していたカイルが、ふいに大きく息を呑んだ。

詞織の考えを理解したのだろう、「その手があったか！」とカイルが叫ぶ。

怪獣の口からはもう今にも青白い光が――ビル街を丸ごと焼け野原に変えられる光線が溢れそうになっている。

だが。それに臆することなく。

「館長代理権限で命じます！」

詞織は声を張り上げた。

「図書館の中では——お静かにっ、お願いします！」

次の瞬間、怪獣の口の中の光が、ぷすん、と消えた。

次いで、怪獣の目から生気が消える。

そして——そのまま沈黙すること数十秒。

怪獣に再び動き出す気配がないことを確認し、詞織はほっと溜息を漏らした。腕の中のカイルもふにゃと脱力し、詞織を見上げて声を発した。

「よくやった詞織さん……！　素晴らしい機転だ……！」

「あ、ありがとうございます……。館長代理の委任状、取っちゃってすみません」

「一刻を争う事態だったんだ。やむを得ない」

「とりあえず成功……ですかね？　ですよね？」

「ああ。ひとまずは止められたようだ。……しかし、この後どうするつもりだ？　外からは、ビルの屋上にいきなり建物が現れ、怪獣の首に被さったように見えているはずだ。早く何とかしないと騒ぎになるぞ」

「あ、そっか！　そうですよね？　すみません、そこまでは頭が回ってませんでした……！　ええと、だったら……」

「——安心するがいい。後はわしに任せよ」

戸惑う詞織だったが、そこにいきなり知らない声が割り込んだ。

正確には、聞き覚えのある声ではあるのだが、しかしこんな口調は初めてだ。いっそう困惑した詞織が声の方向へ振り返ると、図書館の玄関のドアの手前に、シックなワンピース姿の少女が一人、やけに尊大な笑みを浮かべて立っていた。

見たところ小学二、三年生くらいで、小柄で色白。目鼻立ちは陶製の人形のように整っており、ストレートの黒髪は腰まで届くほど長い。意外な闖入者(ちんにゅう)の登場に、詞織とカイルは同時に目を丸くして、その人物の名を呼んでいた。

「まつりちゃん……？」

「ほ──本姫様？」

二つの声が重なって響く。

その直後、詞織は腕の中のカイルを、カイルは自分を抱えた詞織をまっすぐ見た。

「……あの。館長代理さん。今、何て……？『本姫様』って言いませんでした？」

「詞織さんこそ……『まつりちゃん』って……この子が……？」

「ええそうです、そうですけど……」

詞織とカイルが再びワンピース姿の少女に目を向ける。まじまじと見つめられたまつり──本姫は、心底楽しそうにくすくすと微笑みながら二人の職員に歩み寄ると、尊大で優雅なまなざしを、沈黙したままの怪獣へと向け、言った。

「二人とも、ようやってくれた。ここからは館長の仕事じゃな」

気が付くと詞織は本姫図書館の開架室に立っていた。

いや、ずっと開架室にいたのだが、床を突き破って生えていたはずの怪獣の首がいつの間にか消え失せており、倒壊していたはずの本棚も散乱していた本も、元のようにきちんと整列しているのだ。

「え？　ええと……これは一体？　館長代理さん？」

「いや、僕にも何が何だか」

「わしが館を元の場所に戻したのじゃよ。舟町の隠世にな。歌舞伎町で見上げていた連中からすれば、怪獣の首の生えたビルの上に妙な建物が数分間だけ現れて消えたことになるのじゃろうが、あの町のことじゃ、どうせすぐに忘れられる。あるいは、新しい怪談として……今の言葉で言うと『都市伝説』として語り継がれ、いつか新たな妖怪を生むやもしれんが、まあ、今日のところは一件落着じゃな」

おろおろする二人に向かって、本姫が見た目にそぐわない厳かな口ぶりで語りかける。カイルのリアクションからしても、この、一人称が「わし」の態度が本姫の素なのだろうが、詞織にしてみれば、気の小さい女の子と思って応対してきた相手なわけで、事実を受け入れるのが難しい。はあ、と相槌を打って呆然としていると、その胸に抱かれたカイルが本姫に尋ねた。

「怪獣は……付紐閻魔はどうなったのです？」

「一件落着と言うたろう。あやつはわしの力で像から引きはがし、もう二度とあの像に取り憑けないよう細工もしておいた。付紐閻魔はそのあたりをふらついておるじゃろうが、引きはがしたことで多少は正気を取り戻したはずじゃろうし、第一、丁度いい憑依先がそうそうあるはずもない。とりあえず当面は安心じゃ」

「そうなんですね……。と言うか、そんなことできるんですね……！　すごいですね、まつりちゃ、じゃない、本姫様」

――やめときな。この坊ちゃん嬢ちゃんは小物でも、舟町の本姫はあれでなかなか厄介な女だ。格が高いし古いくせに、ろくに人前に出てこない偏屈だが、力を見せないってのは力を溜め込んでるってことだからね。その気にさせたら相当厄介だよ、あれは……。あんなのと事を起こしたくはないね。

いつだったか、金貸しの奪衣婆が語った言葉を詞織は思い出していた。なるほど確かにすごい人だと納得しながら、詞織は感嘆の声を漏らした。だが本姫は「何を言うとる」と小さな肩をすくめ、図書館を見回して微笑んだ。

「それはこっちの台詞じゃよ。正直、わしは、本姫図書館は役目を終えたと思うておった。忘れ去られて廃（すた）れていくのが定めじゃろう、とな。しかし、おぬしらはそれを立て直してくれた。建物を見ているだけで、活気が戻りつつあるのが分かる……。ようやってくれたな。特に末花詞織。おぬしは人間の身でありながら、よう耐えたし、よう頑張った」

「いえそんな、わたしなんか――え」

　本姫の賞賛の言葉に謙遜を返した直後、詞織はハッと息を呑んだ。

　今わたし、「人間の身でありながら」って言われた……？　ということはつまり、この子に――カイルが「こんなことが本姫様に知られてしまったら」と恐れていたその当人に、詞織の素性がバレている、ということだ！　青ざめた詞織は慌てて弁解しようとしたが、それより先に、詞織の腕の中でカイルが口を開いていた。

「ち、違うんです本姫様！　これには深い訳があって……罰するなら僕を！」

「何を慌てておる」

「何を、って……妖怪専用の図書館である本姫図書館に人間がかかわるなんて、それはルール違反……ですよね？」

「そんなことをいつ言うた」

　猫の姿のまま戸惑うカイルに、呆れた声が切り返す。本姫の背丈は詞織の胸ほどなので、そこに抱かれたカイルと視線の高さはほぼ同じだ。真正面できょとんと目を丸くする化け猫に、本姫は「それはおぬしの思い込みじゃ」と語りかけた。

「おぬしは昔から悪い方への思い込みが激しいのう……。確かに、妖怪の中には、自分たちの縄張りに人間が入ってくるのを嫌う奴らもおるが、わしはそんな狭量ではない。おぬしも知っての通り、本姫図書館はそもそも江戸の町民向けのもの。利用案内にも『人間でない方でも、だれでも』と書いてあるじゃろうが。人の出入りが厳禁なら、『人間でない方のみ』としておった」

「……えっ？　あ」

「そっか。そうですよね。『人間でない方でも』ってことは、人間もオッケーってことですもんね……」

きょとんと驚くカイルに続き、詞織はハッとうなずいた。カイルが妖怪専用と言っていたからそう思い込んでしまっていたが、言われてみればその通りだ。詞織が思わずカイルを見下ろすと、カイルは気まずそうに目を逸らしてしまった。その動作が面白かったのだろう、本姫はくすくすと口元を隠して微笑み、仕切り直すように顔を上げ、きっぱりとした声を発した。

「また来るぞ。今度は別の姿でな」

「えっ？　普通に来てくだされればいいのに……。そもそも、どうして本姫様だって言ってくださらなかったんですか？」

「わしにとっての図書館は、ただただ本を読めるだけの、それだけのための場所なんじゃ。職員に余計な気を遣われるのは嫌なんじゃよ。それに、幼子のふりをするのも楽しかったしのう。……では、邪魔をしたな」

詞織の問いに穏やかに答えて一礼し、本姫は玄関から立ち去った。

しいん、と図書館に静寂が満ち、二人はどちらからともなく顔を見合わせた。

「ええと……色々ありましたけど……とりあえず、終わった……ってことですよね」

「……だろうな」

「ですよね……？　ああ……良かったあ……！」

しみじみとした盛大な溜息を開架室全域に響かせ、詞織はカイルを抱いたまま床へとへたり込んだ。思い出したように体中からどっと一気に力が抜け、素直な感想が口から漏れる。

「怖かった……！　こんな怖かったの初めてでした、わたし……！」

「僕もだ。身の毛もよだつという気持ちを初めて知った」

「分かります……。怖かったですよね、ほんと……」

安堵のあまり脱力するカイルを膝の上に下ろし、詞織は自然とそのきつね色の毛並みを撫でていた。

カイルが、にゃあ、と気持ちよさそうな声を漏らす。

それからしばらく詞織はカイルを撫で回し続け、カイルも——時折、どこを撫でてほしいなどと催促したりしつつ――されるがままになっていたが、かれこれ三十分ほど経った頃、改まった声を発した。

「あの……もう、そろそろいいんじゃないだろうか。気分も落ち着いたし」

「そうですか？　うん、そうですね。わたしも落ち着きましたから」

少し残念そうに詞織が手を離すと、カイルは軽やかに詞織の膝の上から飛び降り、エプロン姿の眼鏡の青年の姿へと変わった。

ふう、と息を吐きながら立ち上がったカイルが、エプロンの位置を直す。その姿に「自分はこの若者を今の今まで撫でまくっていたのだ」という事実を痛感させられ、詞織は今更のように赤面した。

「……あ、ありがとうございました。あと、これもお返しします」

「えっ？　ああ、館長代理の委任状か。ありがとう」

「いえ、こちらこそ……。と言うか、ビルの屋上にいた時からずっと抱いちゃってましたよね。苦しくなかったですか？」

「……大丈夫だ」

お守り袋を受け取ったカイルが顔を赤らめて視線を逸らす。気恥ずかしいので話題を変えたいのだろう、本姫が元に戻してくれた書架を眺めたまま、カイルは「ともかく」と言葉を重ねた。

「これで全部元通りだ。また明晩から開館を――」

ふいに、カイルの言葉が途切れた。え？　どうしたんです？　首を傾げながら詞織はカイルの視線を追い、そして、あっと息を呑んだ。

四月から少しずつ手を掛け、整理してきたはずの本棚が――。

「これ……本の並び順がめちゃくちゃになってないですか？　なってますよね？あっ、この棚だけじゃない！　こっちも、そっちも――」

「本姫様、そういうところはアバウトだからな……」

愕然とする詞織の傍らで、カイルが力なく声を発し、肩を落とした。

その後二人で館内を見て回ったところ、怪獣の首に倒壊させられた本棚の本全て、即ち、全体の五割ほどの蔵書が、ごちゃごちゃに入り乱れてしまっていることが判明した。カイルがまたも肩を落としたのは言うまでもなかった。


「……結局、休館することになるとはな」

本姫図書館の玄関に「蔵書点検に伴う休館のお知らせ」と書かれた板を打ち付けながら、カイルが大きな溜息を漏らした。板が落ちないよう支える詞織が苦笑する。

「仕方ないですよ。整理しないと開けられませんし……。でもほら、蔵書点検で休館するのも図書館のお約束みたいなものですから」

「それはそうかもしれないが」

「そうですよ。とりあえず、早く開館できるよう、本の整理頑張りましょうね。二人がかりだったら、一、二週間もあれば何とかなりそうですし」

「二人がかり……？　しかし、詞織さんの試用期間はもうすぐ終わるはずだが……それはつまり」

「ええ」

虚を衝かれたように目を丸くするカイルの問いに、詞織はしっかりうなずき返し、自発的に口を開いた。

「ずっと言い出せなくてすみません。……わたし、また失敗するかもしれませんし、知識も実力も足りてないのは分かってます。でも、ここで働いて少しは成長できた気がしますし……それに、図書館の……どこでもいいってわけじゃなくて、この図書館での仕事がやっぱり好きなんです。本姫様もああ言ってくださったし……だから、もしわたしで良ければ」

そこで一旦言葉を区切り、詞織はカイルに向き直って言った。

「仕事を続けさせてください」

そう申し出た詞織の口調は、詞織が自分で思っていたよりずっと自然なものだった。

館長代理委任状を無理矢理掴んで叫んだあの一件のおかげで、どうやら自分は少しは吹っ切れたらしい。そのことに詞織は驚いたが、驚いたのはカイルも同じだった。

えっ、と短く息を呑んで固まったカイルを、詞織は思わずまじまじと見つめた。なぜそんな戸惑うんです。

「ど、どうしたんです……？」

「え？　ああ、すまない。先に言われてしまったか、と思って」

カイルが肩をすくめて首を振る。「先に言われた」？　もしかしてカイルも聞くタイミングを掴みかねていたのだろうか。自分にここで働き続けてほしいと思ってくれていたのだろうか？　もしもそうだとしたら、とても嬉しいけれど……。

胸の内がじんわりと温かくなっていくのを感じながら、詞織は「それで」と言葉を重ねた。答をまだ聞いていないのに、喜ぶのは気が早い。

「わたし、仕事、続けてもいいですか」

「もちろん。喜んで」

詞織の問いにカイルは即答し、そしてきっぱりとした笑みを浮かべた。

カイルと知り合って以来、初めて見る満面の笑みを前に、へえ、この人はこんなにいい顔で笑うんだな、と詞織は思い、自分も笑った。

ときはいつ頃のことかわからない。小春日よりのある日としておこう。一人の乳母が幼な児を背に、いつものように、太宗寺の境内にきていた。（中略）すると、どうしたはずみでか、背中の赤児が急に泣き出した。心地よい眠りにさそわれていた乳母は、『おとなしくしな……』としかるようにいう。（中略）乳母はとっさに、『おとなしくしないと、あのおエンマさまが呑んでしまうよ……』そういって背中をひとゆすりすると、こんどは深い眠りにおちていった。（中略）乳母ははっと眼をさました。赤児がいない。狭い境内は一目で探せる。だが、赤児の姿はどこにもない。はッとした乳母の目は、うしろのエンマを見上げていた。先刻とおなじ顔つきの、眼をむいたエンマの口もとに、どうだろう。背中にいた子の着物のつけ紐がだらりと下がっていた――。『呑まれたんだ！』（中略）それから、誰いうとなく、このエンマを付け紐エンマとよぶようになった――。

（「画報　伝説と奇談　第1集　東京篇　つけ紐閻魔とこんにゃく閻魔」より）

あとがき

この作品はフィクションです。作中で引用・言及される怪談等については、実在の資料を参考にしていますが、物語の都合上、一部のみの引用や意図的な解釈を行っている箇所もあります。読者の皆様におかれましては、作中の説明をそのまま信じられませんようお願いいたします。

さて、こんにちは。初めての方は初めまして。お見知りおきいただいている方、いつもお世話になっています。峰守(みねもり)ひろかずと申します。メゾン文庫では初めてなので緊張しております。

タイトルにもありますように、本作の舞台はご存じ新宿です。今「ご存じ」と言ってしまいましたが、新宿というのは、そう言い切っていいだろうと確信できるくらいに知名度の高い街だと思います。特に戦後のフィクションの世界では。リアルな政治物や企業もの、ミステリーからサスペンスからSFまで、小説から漫画から映画まで、ほぼあらゆるジャンルの話の舞台になっている街ですよね、新宿。

無論、フィクションのおかげで有名になったわけではなく、元々有名で重要な場所だったのでフィクションに採用されたということは分かっていますが、幼いころから地方住まいの私にしてみれば、新宿は「フィクションにやたらと出てくる地名」といことがあり、以前に本を出していた編集部が新宿にあった関係で何度か現地を訪れたこともありますし、本作を書くにあたって現地もうろうろしましたが、その度に「ここがあの○○（色々な小説や映画のタイトルが入ります）で有名な新宿か」という変な感慨を覚えたものです。

で、そんな戦後日本の一種の象徴のような街に、妖怪や幽霊という前近代的なものがしれっと共存していたら……というのが、この作品です。アイデアを思い付いたきっかけは、最初の打ち合わせで「妖怪もので、実在の場所が舞台だといいかも」というような意見をいただいたことでした。

妖怪伝承の多さや歴史の古さで言うと京都や奈良がまず思い浮かびますし、私も実際京都が舞台の妖怪ものも書いたことがありますが、そこで、少し前に新宿歴史博物館の「幻想の新宿」展を見たことを思い出したわけです。

新宿区の伝承や怪談を紹介するこの特別展では、興味深い話を幾つも知ることができ、その中でも印象に残ったのが「本姫伝説」でした。作中でも紹介しましたので説明は省略しますが、近代的な図書館に近い仕組みが近世に既に語られていたという斬新さ、延滞した者のところにはお姫様が催促に来るだけというささやかさが特に心に残りました。とてもいい伝説だなあと思っていたので、「こういった伝説があるので、これをベースにして、新宿に人間じゃないモノたちの図書館があるという話はどうでしょう」と提案させていただき、こうなった、という次第です。

　戦後間もなく、まだ開発されていなかったころの西新宿が舞台の話なら書いたことはありますが（詳細は省きますが、色々あってあの「新宿の目」が設置されたのだ、というような話でした。その「新宿の目」ももうなくなってしまいましたが）、現在の新宿をメインで扱ったことはありません。どういう伝承が残っているのかを改めて調べてみたところ、手近な資料やデータベースから地図の上に落としていくだけでざっと四十ほどの伝説を拾うことができました。多いですよね。その中から全五話の構成に合わせて色々な妖怪を選ばせていただき、連作としてまとめてみたのが本作です。ご出演くださった妖怪の皆様、ありがとうございました。

（ちなみに、できれば使いたいと思いつつも使えなかった伝説も結構あります。たとえば、下落合に伝わっている、人魚に惚れた河童の恋愛を成就させる代わりに洪水の後始末を手伝わせた話なんかはどこかに使いたかったです）

　そんな本作の主人公は、真面目で礼儀正しいけれど心配性な化け猫の図書館長代理と、頑張り屋ではあるものの消極的で押しに弱い失職した司書という、自分に自信が持てないコンビです。こういった性格のバディはあまり書いたことがなかったので新鮮でしたが、気弱なもの同士が支え合いながら成長していく姿を書くのはとても楽しかったです。本が好きで、古い本も新しい本も平等に扱われ保存される場所も好きで、本に携わる職業をリスペクトしている身としては、とても思い入れのあるキャラクターになってくれました。ここまで読んでくださった方も、カイルや詞織（しおり）を好きになっていただけるとありがたいです。

さて、この本を作るにあたっては、多くの方にお世話になりました。担当編集者の田中様、お声がけありがとうございました。何度も打ち合わせや修正にお付き合いくださったこと、深く感謝申し上げます。色々とお待たせしてしまいまして本当にすみません。装画を担当してくださったＬａｒｕｈａ（ラルハ）様、雰囲気のあるイラストをありがとうございました。イラストを拝見した時、ああ、あなた達はこういう場所で仕事をしているこういう姿の人達だったんだな、と腑に落ちるような気持ちになりました。また、参考文献を発表してくださった研究者の方々、問い合わせに応じてくださった新宿歴史博物館の方にもこの場をお借りしてお礼を申し上げます。

そして最後に、この本を手に取り、ここまで目を通してくださった読者のあなたに最大の感謝をお伝えします。物語というのは誰かに読まれることで完成するものだと思います。本作の完成に手を貸していただき、本当にありがとうございました。楽しんでいただけたのなら幸いです。

では、ご縁があればまたいつか。お相手は峰守ひろかずでした。良き青空を！

主要参考文献

・大名生活の内秘（三田村玄竜著、早稲田大学出版部、1921）
・奇談異聞辞典（柴田宵曲編、筑摩書房、2008）
・藤岡屋日記　第2巻：近世庶民生活史料（藤岡屋由三著、鈴木棠三編、小池章太郎編、三一書房、1988）
・刑罪珍書解題（尾佐竹猛著、犯罪科学書刊行会、1934）
・画報　伝説と奇談　第1集　東京篇（山田実編、山田書院、1965）
・新宿と伝説（新宿区教育委員会編、新宿区教育委員会、1969）
・ガイドブック新宿区の文化財6　伝説・伝承（東京都新宿区教育委員会編、東京都新宿区教育委員会、1982）
・古地図で巡る江戸の怪談：不思議さんぽ帖（双葉社、2014）
・図説江戸東京怪異百物語（湯本豪一著、河出書房新社、2007）
・古典落語　8　怪談・人情ばなし（落語協会編、角川書店、1974）

この他、多くの書籍・雑誌記事・ウェブサイト等を参考にさせていただきました。

メゾン文庫

新宿もののけ図書館利用案内

2019年4月20日　初刷発行

著　　者　峰守ひろかず
発 行 者　野内雅宏
発 行 所　株式会社一迅社
〒160-0022 東京都新宿区新宿3-1-13
京王新宿追分ビル5F
電話 ［編集］03-5312-7432
［販売］03-5312-6150

発売元：株式会社講談社（講談社・一迅社）

印刷・製本　大日本印刷株式会社
D　T　P　株式会社三協美術
装　　丁　百足屋ユウコ＋モンマ蚕
（ムシカゴグラフィクス）

ISBN978-4-7580-9163-3　C0193

本書は書き下ろしです。
この作品はフィクションです。実際の人物・団体・事件などには関係ありません。